Diogenes Taschenbuch 22888

de
te
be

Jack Ritchie

Der mordende Philosoph

Geschichten

Aus dem Amerikanischen von
Monika Elwenspoek

Diogenes

Nachweis am Schluß
des Bandes
Umschlagzeichnung von
Tomi Ungerer

Deutsche Erstausgabe

80/96/8/1
ISBN 3 257 22888 0

Inhalt

Mörderischer Mond

Ich stamme in direkter Linie von Jack the Ripper ab«, sagte Mr. Pomfret.

»Ach ja?«

Er nickte. »In manchen Familien gibt man Geheimrezepte von Generation zu Generation weiter. In unserer ist es das Wissen, daß wir das Blut dieses ungewöhnlichen, wenngleich unbekannten Mannes in uns haben.«

Einige meiner Patienten liegen gern auf der Couch. Pomfret gehörte zu ihnen und lag mit zufrieden über seinem Bauchansatz gefalteten Händen da.

Er zog ein Blatt Papier aus der Brusttasche seines Jacketts. »Möchten Sie meinen Stammbaum sehen?«

Ich hatte etwas vergleichbar Kompliziertes wie die Verwandtschaftsverhältnisse im griechischen Götterhimmel erwartet, aber sein Stammbaum hatte nicht einmal Äste. Er führte über eine direkte Linie einziger Söhne zurück auf einen Buchhalter im neunzehnten Jahrhundert.

Ich betrachtete Pomfret genauer. Er hatte sanfte blaue Augen, die etwas abwesend wirkten, und fühlte sich in dieser Rückenlage sichtlich wohl. »Mr. Pomfret«, sagte ich, »sind Sie früher schon in Psychoanalyse gewesen?«

Er zögerte. »Also ... ja.«

»Wie oft?«

»Viermal.«

»Und warum haben Sie sich von Ihren früheren Analytikern getrennt?«

»Weil ich das Gefühl hatte, sie nicht mehr zu brauchen.«

Im stillen hegte ich den Verdacht, daß er sie wohl beim Gähnen erwischt hatte, aber ich sagte: »Trotzdem sind Sie jetzt zu mir gekommen.«

»Na ja... nach einer Weile merke ich dann, daß ich wieder abrutsche.«

»Abrutschen? Inwiefern?«

»Mich überkommt dann dieser Zwang, und ich möchte zustechen, zustechen, zustechen.« Er drehte den Kopf zu mir und lächelte mich freundlich an. »Doktor, Sie müssen mir helfen. Sie müssen.«

Neben mir klingelte das Telefon, und ich nahm ab.

Es war Henry Wilkerson, dessen hysterische Stimme man im ganzen Zimmer hören konnte. »Doktor, ich bin im Tarleton Building, im zwölften Stock, und ich springe jetzt!«

»Aha«, sagte ich. »Und warum rufen Sie mich an?«

Vielleicht blinzelte er, jedenfalls war es ein Weilchen still in der Leitung. »Doktor, wollen Sie denn nicht mal *versuchen*, mir das auszureden?«

»Ich hindere meine Patienten nie an ihrer Selbstverwirklichung.«

Wieder Stille. »Ich sagte, im *zwölften* Stock. Das ist ganz schön hoch.«

»Ich verstehe Ihr Zögern. Wenn Sie es vielleicht aus dem elften versuchen wollen?«

Er kämpfte offenbar mit den Tränen. »Doktor, Sie sind mir *überhaupt* keine Hilfe.« Er legte auf.

Pomfret hatte sich halb aufgerichtet und machte große Augen. »Was sind Sie eigentlich für ein Psychiater?«

»Kaltblütig und kompetent. Außerdem weiß ich zufällig, daß das Tarleton Building nur acht Stockwerke hat. Wahrscheinlich hat er von einer Zelle im Erdgeschoß aus angerufen.« Und außerdem war es mir, was ich Pomfret allerdings nicht sagte, ziemlich schnuppe, ob Wilkerson sich in den Tod stürzte oder nicht. »Mr. Pomfret«, sagte ich, »Sie können sich wieder hinlegen.«

Er tat es mit einem leichten Zögern.

»Mr. Pomfret, sind Sie verheiratet?«

»Nein.«

»Wohnen Sie bei einer unverheirateten Tante?«

»Bei meiner älteren Schwester. Sie ist unverheiratet.«

Ich sah durch diese Antwort meine Vermutung so gut wie bestätigt. »Haben Sie noch andere Hobbys?«

»Andere Hobbys?«

Außer sich analysieren zu lassen, hatte ich gemeint, aber ich formulierte die Frage um. »Haben Sie irgendwelche Hobbys?«

»Nein. Früher habe ich geraucht, aber dann habe ich einiges darüber gelesen und es aufgegeben.«

Ich schrieb seinen Namen oben auf ein leeres Blatt Papier und hielt den Kugelschreiber bereit. »Sagen Sie mir, was Ihnen gerade einfällt.«

Er schloß die Augen und entspannte sich. »Wo soll ich anfangen?«

»Wo fangen Sie normalerweise an?«

»Bei meinen ersten Eindrücken. Ich war achtzehn Monate alt, und da wurde mir im Auto übel. Es war ein Essex. Modell 1924.«

Pomfrets Stimme hatte etwas Einlullendes, und ich ließ meine Gedanken schweifen. Als ich etwa dreißig Minuten später wieder auftauchte, gab Pomfret gerade eines seiner traumatischsten Kindheitserlebnisse wieder, als er in einem Billigladen einen Bleistiftspitzer gestohlen hatte.

Ich unterbrach ihn. »Wann überkommt Sie denn dieser irre Drang zum Zustechen, Zustechen, Zustechen?«

»In nebligen Nächten. Bei Vollmond.«

»Wenn es neblig ist, woher wissen Sie dann, daß Vollmond ist?«

Pomfret errötete ob dieser logischen Hürde. »Das *fühle* ich.«

»Und haben Sie jemals zugestochen, zugestochen, zugestochen?«

»Also... nein.« Er fing sich wieder. »Aber es ist wirklich ein wilder, irrer Drang. Sehr schwer, ihm zu widerstehen.«

Ich bezweifelte, daß Pomfret eines wilden, irren Dranges fähig war. Ich glaubte ihn gefahrlos einordnen zu können. Der Mensch möchte sich gern durch irgend etwas, sei es real oder eingebildet, von der Masse abheben. Pomfret hatte beschlossen, sich als Nachfahren Jack the Rippers und ähnlicher Taten fähig zu betrachten. »Mr. Pomfret«, fragte ich, »woher wissen Sie, daß Sie vom wirklichen Jack the Ripper abstammen?«

Er lächelte selbstzufrieden. »Das Tagebuch. Es wird seit fast hundert Jahren vom Vater an den Sohn weitergegeben.«

Ich sah auf die Uhr. »Für heute ist unsere Zeit um. Ich würde Sie gern am Mittwoch vormittag um zehn wiedersehen.« An der Tür kam mir ein Gedanke. »Und würden Sie dann dieses Tagebuch mitbringen?«

Am Abend nach dem Essen beobachtete ich meine Frau Laurette am Frisiertisch.

Sie warf einen Blick zu meinem Spiegelbild. »Du hast hoffentlich nicht vergessen, daß wir heute abend bei den Carsons eingeladen sind? Welche Ohrringe soll ich tragen? Die weißen oder die grünen?«

»Die grünen.«

Sie hielt sich die weißen an die Ohren. »Ich nehme die weißen.«

»Warum hast du dann gefragt? Ich bin für die grünen.«

Sie drehte sich um und blitzte mich an. »Weiß.«

»Grün.«

Laurette ist eine von zwei Töchtern, deren Vater zwei Millionen Dollar schwer war. Ihr Wille ist aus Eisen. Meiner aus Stahl.

»Du bist kindisch«, sagte Laurette. »Weiß.«

»Wir sind beide kindisch, aber ich bleibe hart. Grün.«

Obwohl sie die jüngste war, hatte sie ihren Vater und ihre Schwester Melanie dominiert. Ursprünglich dachte ich, das sei ihnen vielleicht allen entgegengekommen – ihr Vater und ihre Schwester bedurften offenbar der Führung –, aber dann hatte ich Anlaß, daran zu zweifeln.

Als ihr Vater starb, hinterließ er sein gesamtes Vermögen – bis auf lumpige zehntausend Dollar – Melanie.

Diese unerwartete Wendung erschütterte mich nicht unerheblich.

Vielleicht hatte er das getan, weil er glaubte, ich hätte Laurette ihres Geldes wegen den Hof gemacht – was stimmte –, oder es war eine besondere Art der Rache an Laurette für ihre Herrschsucht, die er ihr verübelte. Wie auch immer, in seinem Testament führte er jedenfalls an, er halte mein Einkommen als Psychiater für ausreichend, um Laurette angemessen zu ernähren.

Ich hatte daran gedacht, vor Gericht zu gehen und das Testament anzufechten, entdeckte aber bald, wie aussichtslos das war. Ihr Vater hatte sich, bevor er das Testament aufsetzte, heimtückisch von drei Psychiatern bescheinigen lassen, daß er gesund und im Vollbesitz seiner geistigen Kräfte war.

Laurette nahm die grünen Ohrringe und begann sie anzulegen. »Wie um alles in der Welt bist du bloß darauf gekommen, Psychiater zu werden?«

»Meine Eltern konnten es sich leisten.«

Sie unterzog ihr Spiegelbild einer letzten Inspektion. »Wenn du viel Geld hättest – und ich meine richtig viel –, wie würde das dein Leben verändern?«

»Ich würde die Tür zu meiner Praxis abschließen und nie mehr hingehen.«

Sie schlüpfte in ihren Mantel. »Wir nehmen ein Taxi.«

»Unseren Wagen.«

»Taxi.«

Wir nahmen unseren Wagen und kamen gegen halb neun bei den Carsons an.

Irgendwann landete ich neben Dr. Nevins, einem der anderen Gäste.

Er redete begeistert auf mich ein. »Ich habe gerade einen Fall von hysterischer Konversion abgeschlossen. Der Mann war absolut unmusikalisch, aber seine Mutter hat ihn mit sanfter Gewalt zum Klavierüben gezwungen und sogar einen Konzertpianisten aus ihm gemacht. An seinem einundzwanzigsten Geburtstag erklärte er seine Unabhängigkeit dadurch, daß er Lähmungen in beiden Händen bekam.«

Ich gähnte. »Was macht denn Ihr Golfspiel in letzter Zeit?«

»Ich spiele nicht Golf. Jedenfalls ist seine Mutter dann irgendwann gestorben, und an ihrem Grab gingen die Lähmungen weg. Jetzt ist er gut angepaßt. Hat eine Stelle als Gebrauchtwagenverkäufer.«

Ein junger Mann – einer von der Sorte, die ihr Cocktailglas von Grüppchen zu Grüppchen tragen – gesellte sich zu uns. »Sie sind doch beide Ärzte, nicht?«

Wir nickten und warteten, daß er uns seine Symptome schilderte.

Er legte den Kopf schief. »Leute werden aus einer Vielzahl von Gründen Arzt – Prestige, Geld, Liebe zur Medizin oder…« Er lächelte listig. »Oder der brennende Wunsch, der Menschheit zu helfen.« Er zeigte auf Nevins. »Warum sind *Sie* Arzt geworden?«

Nevins traf seine Entscheidung prompt. »Weil ich die Medizin liebe.«

Der junge Mann schüttelte traurig den Kopf. »Finden Sie nicht, daß mit einem, der kranke Menschen liebt, etwas nicht stimmt? Der *Krankheiten* liebt?« Dann entfernte er sich wieder.

Nevins wandte sich leicht irritiert an mich. »Warum sind *Sie* Arzt geworden?«

»Weil ich den brennenden Wunsch habe, der Menschheit zu helfen.«

Laurettes Schwester Melanie erschien um neun auf der Party. Wir tauschten einen flüchtigen Blick, sprachen aber nicht miteinander.

Im Laufe des Abends berührte sie einmal kurz meine Hand.

Ich lächelte und sagte leise: »Vorsichtig. Es könnte uns jemand beobachten.«

Um halb zwölf ging ich zu Laurette. »Zeit zum Heimfahren.«

Sie runzelte die Stirn. »Ich habe noch keine Lust, nach Hause zu fahren.«

»Aber ich.«

Wir starrten einander an. Dann drehte sie sich zu ihrer Gastgeberin um, hob entschuldigend die Achseln und schlüpfte in den Mantel, den ich ihr aufhielt.

Am Mittwoch erschien Pomfret pünktlich um zehn in meiner Praxis.

Er streckte mir ein großes, grün gebundenes Buch hin. »Genaugenommen ist das nur eines von zwölf, aber die Berichte über die Morde sind alle hier drin.«

Ich betrachtete unsicher den umfangreichen Band.

»Ich habe an den entsprechenden Stellen Lesezeichen reingelegt«, sagte Pomfret rasch. »Sie müssen nicht alles lesen.«

Ich setzte mich mit dem Buch hin. Nachdem ich die gekennzeichneten Stellen gelesen hatte, blätterte ich den Rest durch.

Hiram Pomfret – so hieß der Ripper mit vollem Namen – war Junggeselle gewesen und hatte mit seiner unverheirateten Schwester zusammengelebt. Er hatte als Buchhalter im East India House gearbeitet. Der überwiegende Teil des Bandes hielt Ereignisse fest wie die, wann er morgens aufgestanden oder abends ins Bett gegangen war, was er gegessen hatte und was seine Leber machte.

Ich zündete mir eine Zigarette an. Jedem seiner Morde – falls das Tagebuch tatsächlich echt war und er nicht gelogen hatte – war ein heftiger Streit mit seiner Schwester unmittelbar vorausgegangen. Eigentlich beschrieb er diese Streitereien ausführlicher als die Morde.

Und als seine Schwester starb, wahrscheinlich eines natürlichen Todes, verging ihm augenblicklich seine Mordlust.

Ich drehte das Buch mehrmals in den Händen. »Könnten Sie mir das hierlassen. Ich würde es gern etwas eingehender studieren.«

Nach kurzem Zögern willigte er ein. »Sie zeigen es aber niemandem sonst?«

»Nein.« Ich sah ein Weilchen dem Rauch meiner Zigarette nach. »Wenn Sie von diesem Drang überkommen werden, was tun Sie dann?«

»Tun?«

»Ja. Legen Sie sich einfach hin und warten, bis er vorbei ist? Oder was?«

»Ich gehe spazieren.«

»Einfach spazieren? Ist das alles?«

»Na ja... ich denke nach oder so... träume vielleicht... daß ich Jack the Ripper bin... herumschleiche... suche...«

»Aber Sie *tun* nichts?«

Es schien ihm fast peinlich zu sein. »Nein.«

Ich hörte draußen in meinem Wartezimmer die Tür auf- und zugehen. Mein nächster Patient war gekommen. »Mr. Pomfret«, sagte ich, »ich möchte Sie gern morgen wiedersehen.«

Um zwölf schloß ich meine Praxis ab und ging, um mich mit Melanie bei ›Paretti‹ zum Lunch zu treffen.

Die Familienähnlichkeit zwischen ihr und meiner Frau Laurette ist nicht sehr groß. Melanie ist kleiner, hat eher abfallende als gerade Schultern und graue Katzenaugen.

Wir küßten uns, und sie sagte: »Nur noch ein Jahr, mein Herz, und dann die Scheidung.«

Ich seufzte. »Und dann noch das eine Jahr Wartezeit.«

Sie tätschelte meine Hand. »Die Wartezeit ist absolut notwendig. Wir brauchen sie, damit es so aussieht, als hättest du dich erst *nach* der Scheidung in mich verliebt, und nicht, als hättest du dich von Laurette scheiden lassen, *weil* du bereits in mich verliebt warst.«

»Ich weiß, aber...«

»Wir müssen alles Gerede vermeiden, das deinem Ruf schaden könnte. Schließlich werden die Zeitungen über dich schreiben, wenn wir erst deine Klinik eröffnen, und wir wollen doch kein Stirnrunzeln provozieren.«

Trotzdem, noch zwei Jahre bis zu Melanies Millionen, das war eine frustrierend lange Zeit. Was da nicht alles passieren konnte! »Kann ich mich denn nicht sofort scheiden lassen? Wir würden ein Jahr sparen.«

»Du mußt mindestens drei Jahre mit derselben Frau verheiratet gewesen sein. Das beweist, daß du ein reifer Mensch bist, dich aber schließlich den Unvereinbarkeiten beugen mußtest. Die Leute wollen reife Psychiater.« Sie lächelte selbstzufrieden. »Keine meiner Freundinnen ist mit einem Psychiater verheiratet.«

»So viele gibt's ja auch nicht.«

»Ich möchte einen Ehemann, der etwas *ist*«, sagte Melanie entschieden. »Nicht nur einfach einen Mann.«

Beim Kaffee kam sie auf einen Punkt zurück, der sie offenbar bewegte. »Ich verstehe einfach nicht, warum du überhaupt Laurette und nicht mich geheiratet hast.«

Ich setzte mein übliches Lächeln auf. »Ich bin Laurette zuerst begegnet, außerdem dachte ich nicht, daß du dich für mich interessiertest. Du hast ja nichts gesagt.«

Das mußte sie zugeben. »Ich dachte doch, es sei noch viel Zeit. Aber dann ging alles so schnell. Ihr wart ja nicht einmal förmlich verlobt. Und plötzlich wart ihr verheiratet.«

Ja, alles war zügig gegangen. Aber das war mein Werk gewesen. Ich hatte die Million hinter Laurettes Schulter gesehen, und die hatte mich bewogen, einer riskanten langen Verlobungszeit aus dem Weg zu gehen. Man mußte rasch handeln, bevor einem der Hauptgewinn ausbüxte.

Melanie seufzte. »Zwei Jahre. Das wird eine lange Zeit, aber ich wüßte jetzt nicht, wie man Laurette auf schnellere und anständige Weise loswerden könnte.«

Ich sagte nichts.

Nachdem ich mich von Melanie verabschiedet hatte, ging ich in die Bibliothek, holte mir den umfassendsten Band über Jack the Ripper und begann zu lesen.

Seine Verbrechen und ihre Schilderungen in Hiram Pomfrets Tagebuch stimmten vollkommen überein. Es gab nur einen Haken. Die Daten stimmten nicht. Hiram hatte die Morde jeweils eine, manchmal zwei Wochen später angesetzt, als sie tatsächlich geschehen waren.

Es war genau so, wie ich erwartet hatte. Hiram hatte lediglich in den Zeitungen seiner Zeit über die Morde gelesen und sie sich für seine Traumwelt angeeignet. Es war sogar möglich, daß er am Ende wirklich geglaubt hatte, er *wäre* Jack the Ripper – solche Assimilationen sind gar nicht so selten –, aber Tatsache blieb, daß Hiram Pomfret und Jack the Ripper zwei verschiedene Personen waren.

Ich blieb noch eine halbe Stunde in der Stille der Bibliothek sitzen, dann faßte ich meinen Entschluß. Man mußte sich nach der Decke strecken.

Ich verließ die Bibliothek, fuhr zu einer Eisenwarenhandlung und kaufte ein langes dünnes Messer.

Am nächsten Tag sagte ich alle meine Termine ab, bis auf Pomfret. Während ich auf ihn wartete, löste ich ein Dutzend Schlaftabletten in einer halbvollen Karaffe mit Wasser auf und rührte gründlich um. Dann hängte ich einen Kalender unter mein Medizinerdiplom.

Als Pomfret kam, sah ich ihn mir sehr genau an. War mein Patient wirklich so einfältig und sanftmütig, wie er wirkte? Oder litt er schwer an den Bitternissen des Lebens? War er zum Haß fähig? Zu rasender Wut? Trug er die Saat des Mordens in sich? Ich gab ihm das Tagebuch zurück. »Scheint ja echt zu sein.«

»Dann *glauben* Sie also, daß ich in direkter Linie von Jack the Ripper abstamme?«

»Es fällt schwer, *nicht* daran zu glauben.« Ich gestattete mir ein nachdenkliches Schweigen und sagte dann: »Wenn Sie in diesen mondhellen Nebelnächten umherwandern, haben Sie dann ein Messer bei sich?«

»Nein.«

»Aber manchmal wünschen Sie, Sie hätten eines?«

»Na ja...«

Ich zog meine Schreibtischschublade auf, nahm das Messer heraus, das ich tags zuvor gekauft hatte, und hielt es ihm hin. »Nehmen Sie.«

Er zuckte zurück. »Warum?«

»Ich möchte mir nur Ihre Reaktion ansehen, wenn Sie es in der Hand halten.«

Er nahm ganz vorsichtig die Waffe. »Halten Sie das auch wirklich für gesund?«

»Sie dürfen mir ruhig vertrauen.« Ich tat so, als ob ich ihn kritisch betrachtete. »Und jetzt stechen Sie auf irgend etwas ein, was Sie sich vorstellen.«

Er tat es ungeschickt und zögernd.

»Von unten nach oben«, wies ich ihn an. »Vom Nabel zu den Rippen. Stellen Sie sich vor, jemand, den Sie hassen, steht höhnisch grinsend vor Ihnen. Ihr Chef. Ein Nachbar. Ein Blutsverwandter.«

Er stach wieder zu, diesmal mit etwas mehr Begeisterung.

»Noch mal«, sagte ich. »Und noch mal. Mit Gefühl.« Ich ließ es ihn an die dreißig Mal wiederholen. »Das genügt fürs erste«, meinte ich schließlich.

Er hielt leicht widerstrebend inne. »Nach einer Weile kommt man gewissermaßen auf den Geschmack. Wie waren meine Reaktionen?«

Ich setzte eine sorgenvolle Miene auf. »Ihr Blick.«

»Mein Blick?«

»Ja. Etwa beim zehnten Mal stand plötzlich so eine stählerne Entschlossenheit darin.«

»Stählerne Entschlossenheit?« Er sah sich um, wahrscheinlich nach einem Spiegel.

»Und *wie* Sie zugestochen haben«, sagte ich beeindruckt. »Das war, als ob... als ob...«

Er beugte sich vor. »Ja? Ja?«

Ich riß mich zusammen, nahm ihm das Messer aus der Hand und legte es wieder in meine Schublade. Dann goß ich ihm ein Glas Wasser ein. »Trinken Sie das. Sie sehen ein bißchen erhitzt aus.«

Er nahm das Glas und trank es gehorsam aus.

Ich legte Block und Bleistift zurecht. »Wir machen jetzt mit der Sitzung weiter. Legen Sie sich auf die Couch, Mr. Pomfret.« Ich wartete, bis er lag. »Also, dann wollen wir mal sehen... Als Sie das letzte Mal hier lagen, haben Sie mir von dem Bleistiftspitzer erzählt.«

»Ach, das«, meinte er wegwerfend. »Ich würde lieber über Jack the Ripper reden.«

Ich malte Männchen auf meinen Block. »Sagen Sie mir, was Ihnen gerade so einfällt.«

Er redete ein Weilchen über dieses und jenes, dann sprach er immer langsamer und gähnte. Nach weiteren fünf Minuten war er eingeschlafen und schnarchte leise.

Ich konnte natürlich nicht auf die Minute genau abschätzen, wie lange er schlafen würde. Am liebsten wäre mir eine knappe halbe Stunde gewesen, aber eine zu geringe Dosis hätte ihn vielleicht nur müde gemacht.

Ich holte mir aus meinem Wartezimmer ein paar Zeitschriften und setzte mich geduldig damit hin. Als Pomfret nach einer Stunde immer noch schlief, schlug ich mit einem Buch dreimal energisch auf meinen Schreibtisch.

Seine Augen öffneten sich, schlossen sich und öffneten sich rasch wieder. Dann setzte er sich auf und errötete. »Ich bin wohl eingeschlafen.«

Ich zog heftig an meiner Zigarette. »Nein, Mr. Pomfret. Das war kein Schlaf. Kein Schlaf.«

Er sah auf seine Armbanduhr. »Aber ich habe eine Stunde hier gelegen und erinnere mich nicht …«

»Es war kein Schlaf«, wiederholte ich. »Es ist etwas *passiert*! Der da redete, das waren nicht *Sie.*«

Er blinzelte. »Nein?«

Ich rieb mir die Augen, als ob sie müde wären. »Mr. Pomfret, sind Sie in England geboren?«

»Nein, in Peoria.«

»Eigenartig«, murmelte ich. »Trotzdem … trotzdem haben Sie mit englischem Akzent gesprochen. Eindeutig mit englischem Akzent.« Ich schnaufte ein paarmal betont sorgenvoll. »Mr. Pomfret, Sie waren in *Trance.*«

»Ach ja?«

Ich zündete mir am Ende meiner Zigarette eine neue an. »Ich habe nie … *nie* an Wiedergeburt geglaubt, bis …«

Er beugte sich hoffnungsvoll vor. »Bis?«

Ich stand auf und fing an, hin und her zu gehen. »Ich glaube es immer noch nicht. So etwas ist unmöglich.«

Er eilte zur Verteidigung seiner Wiedergeburt. »Warum ist es unmöglich?«

Ich fuhr ihn an: »Aber Sie können doch nicht Jack the …« Ich rieb mir erneut die Augen. »Sie sind schließlich nur ein jämmerlicher Buchhalter.«

Er wurde rot. »Jack war auch nur ein jämmerlicher Buchhalter.«

»Aber sehen Sie sich doch nur an. Äußerlich sind Sie absolut unscheinbar.«

Er wurde noch röter. »Zufällig war Jack genauso groß und schwer wie ich. Auf Seite eins Band eins der Tagebücher beschreibt er sich ganz genau.«

»Er stand unter der Fuchtel seiner Schwester.«

»Und *ich* stehe unter der Fuchtel *meiner*...« Er brach ab und räusperte sich. »Ich meine, ich sehe nicht, warum es unmöglich sein soll, daß ich tatsächlich eine Wiedergeburt Jack the Rippers sein könnte.«

Ich ging wieder auf und ab und redete dabei leise vor mich hin, als führte ich Selbstgespräche. »Erfüllung. Das haben Sie... hat *er* gesagt. Jeder Mensch muß Erfüllung suchen. Er muß beweisen, und sei es nur sich selbst, daß er nicht der unscheinbare Wicht ist, für den ihn alle halten.«

Pomfret nickte zustimmend.

»Und Sie... *Jack* hat gesagt, daß er beim nächsten Voll...« Ich unterbrach mich abrupt und ging zum Kalender. »Wir haben nur noch eine Woche bis...«

Pomfret trat neben mich. »Bis zum nächsten Vollmond?«

Ich sah ihn ernst an. »Jack... ich meine, Pomfret... ich möchte Sie diese und nächste Woche jeden Tag sehen. Wir *müssen* das verhindern.«

Aber ich wollte natürlich alles andere als diese Wiedergeburt vereiteln.

Ich sagte alle meine anderen Termine ab und konzentrierte mich morgens, mittags und abends auf Pomfret.

Der freiwillige Patient ist geradezu erbärmlich darauf erpicht, das Wohlgefallen seines Psychiaters zu gewinnen. Wenn sein Doktor die Stirn runzelt, ist er am Boden zerstört; lächelt der Doktor, dann ist er glücklich. In den folgenden Tagen setzte ich scheinbar alles daran, Pomfret von einer Zwangsvorstellung zu »heilen«, die er überhaupt nicht – oder höchstens ein bißchen – hatte.

Ich betonte immer wieder mal, daß er gar keinen Mord begehen könne, weil er geistig, seelisch und körperlich zu solch aktivem Handeln gar nicht fähig wäre. Kurz gesagt, er habe nicht den Mut. Außerdem ließ ich zweifelsfrei durchblicken, daß ich – obwohl ich es mir um keinen Preis anmerken lassen wollte – Menschen ohne Mut insgeheim zutiefst verachtete. Und ganz besonders Pomfret.

Diese Taktik erwies sich nur teilweise als erfolgreich, denn trotz seiner narzistischen Schwäche – dem Verlangen nach fortwährender Psychoanalyse – war Pomfret auf der anderen Seite doch erstaunlich an seine tatsächliche Lebenssituation angepaßt. Daß er körperlich unscheinbar und nicht sonderlich intelligent war, daß er unter der Fuchtel seiner älteren Schwester stand, das alles nahm er mit einem Minimum an Unmut hin.

Selbst sein Glaube, in direkter Linie von Jack the Ripper abzustammen, war kein Ausweichen vor der Wirklichkeit, kein Zurückfallen in eine warme Traumwelt. Es war eine »Tatsache«. Sein Vater hatte ihm gesagt, daß es wahr sei, und er selbst hatte es schwarz auf weiß gesehen. Pomfret war darum ein schwieriger Fall für mich, und ich konzentrierte mich nun auf die Beziehung zu seiner Schwester und brachte die Analyse immer wieder auf diesen Punkt.

Ich wärmte die lächerlichen Streitereien, die sie miteinander gehabt hatten, wieder auf. Ich analysierte sie gnadenlos. Ich nahm sie auseinander und betonierte sie wieder zusammen, jedoch in verzerrter und riesenhafter Proportion. Einen Rüffel wegen eines zerbrochenen Tellers, einer Schmutzspur auf dem Fußboden, einer Verspätung zum Essen bauschte ich zum Trauma auf.

Und dennoch liebte Pomfret seine Schwester. Auch das war eine Tatsache, die ich nicht aus der Welt schaffen konnte und auch nicht wollte. Er sollte hassen und lieben. Lieben, hassen, sich wegen des Hasses schuldig und dennoch *gerechtfertigt* fühlen. Er sollte wütend sein und trotzdem das Gefühl haben, gegen das alles machtlos zu sein.

Aber wie läutert man sein Ich von verzehrendem Haß und Zorn? Wie beweist man, daß man ein richtiger Mann ist?

Jetzt gab ich dem Haß, den ich geschaffen hatte, eine Zielrichtung. Es sei gar nicht seine Schwester, die ihm zusetzte und seine Männlichkeit unterdrückte. Es seien *alle* Frauen.

Und das war für Pomfret die Erleuchtung – die *Befreiung.* Er konnte unmöglich seiner Schwester etwas zuleide tun – jemandem, den er wirklich liebte –, aber ...

Und ich, sein Psychiater – sein Gott –, ließ ihn unterschwellig wissen, daß ich es vielleicht sogar gutheißen würde.

Ich glaube nicht, daß Pomfret in dieser Woche viel schlief, außer in seinen »Trancen«. Nach sechs Tagen hatte er Gewicht verloren und sah ganz hohläugig aus, fieberte jedoch ungeduldig dem nächsten Vollmond entgegen.

Am siebten Tag verließ er meine Praxis mit Schweißperlen auf der Stirn und tatendurstig.

Ich hatte getan, was in meiner Macht stand, und nun konnte ich nur noch abwarten. Ich verbrachte den Abend zu Hause in meinem Arbeitszimmer und wartete auf die Nachrichten im Radio.

Ich hatte Pomfret für diese Nacht schon fast abgeschrieben, als es in den Elfuhrnachrichten dann doch noch gemeldet wurde. Auf der Westside war eine Frau hingemetzelt worden. Für den Mord gab es scheinbar kein Motiv, aber die

Methode veranlaßte den Kommentator sofort zu einem Vergleich mit Jack the Ripper.

Ich mixte mir einen Drink. Pomfret hatte die Bewährungsprobe bestanden.

Am nächsten Morgen suchte ich mir Pomfrets Anschrift heraus, fuhr hin und kurvte ein bißchen in der Gegend herum. Es war ein älterer Teil der Stadt mit großen, schattigen Bäumen und kaum bekannten Straßennamen. Die Ecke Montmorency und Dill Street schien mir eine angemessen unbelebte und möglicherweise dunkle Stelle zu sein. Ich notierte mir die Straßennamen und fuhr dann zurück in meine Praxis.

Pomfret kam um zehn. Er wirkte jetzt anders. Entspannter, als besäße er ein gewisses neues Selbstvertrauen. Er lächelte ein wenig. »Stimmt es, daß ein Psychiater wie ein Priester ist? Wenn man ihm etwas erzählt, darf er es nicht weitersagen? Nicht einmal der Polizei?«

»Wir haben eine Schweigepflicht«, sagte ich. »Allerdings geht sie nicht so weit.« Ich lachte unbeschwert. »Wenn mir zum Beispiel jemand erzählte, er hätte eben einen Mord begangen, müßte ich diese Information sofort an die Polizei weitergeben.«

Er schien enttäuscht. Dann versuchte er es andersherum. »Haben Sie die Morgenzeitungen gelesen?«

»Nein.« Ich goß Wasser in ein Glas und schob es ihm hin. »Sie sehen müde und durstig aus.«

Er nahm das Glas. »Ich habe das Gefühl, ich trinke hier eine ganze Menge Wasser.« Er leerte das Glas und legte sich auf die Couch. »Glauben Sie, daß ich wieder in Trance falle? In letzter Zeit war das ja regelmäßig der Fall.«

»Wir werden sehen.«

Plötzlich schien er beunruhigt. »Angenommen, ich

würde in meiner Trance sagen, daß ich kürzlich jemanden umgebracht hätte. Würden Sie damit auch zur Polizei gehen?«

»Natürlich nicht«, versicherte ich ihm. »Was in Trance gesagt wird, kann vor Gericht nicht als Beweis verwendet werden. Das verstieße gegen die vierte und fünfte Verfassungsergänzung.«

Als er eine Stunde später wieder aufwachte, fragte er rasch: »Habe ich etwas von einem Mord erzählt?«

»Nein.«

Er kratzte sich am Kopf. »Ich habe geträumt… Ich *dachte,* ich hätte etwas über letzte Nacht gesagt.«

»Nein.« Ich sah ihn nur verwundert an. »Aber ein paar andere Sachen haben Sie gesagt. Eigentlich nichts Besonderes, nur daß Sie immerzu wiederholten: ›Heute nacht ist immer noch Vollmond.‹«

Sein Blick ging zum Kalender. »Stimmt das denn?«

»Ja. Und dann haben Sie immer wieder zwei Namen erwähnt. Einer war Montmorency. Sagt Ihnen das etwas? Ist es der Name einer Stadt? Eines Menschen? Eines Cocktails?«

Er dachte darüber nach.

»Der andere Name war Dill«, sagte ich dann. »Montmorency und Dill.«

Jetzt schien ihm ein Licht aufzugehen.

»Und Sie haben immer wieder gesagt: ›Es ist Vorsehung. Es ist Vorsehung.‹«

Er nickte weise. »Vorsehung ist etwas sehr Wichtiges.« Er lächelte vor sich hin und wiederholte die Botschaft. »Heute nacht ist immer noch Vollmond. Montmorency und Dill. Es ist Vorsehung.« Er runzelte die Stirn. »Habe ich noch etwas gesagt? Vielleicht eine Uhrzeit?«

»Ach ja, das war mir entfallen«, sagte ich hastig. »Sie haben etwas von elf Uhr abends gemurmelt.«

Als er ging, sah er mich an und meinte verschlagen: »Lesen Sie morgen auf jeden Fall die Zeitung. Der Mensch muß schließlich Bescheid wissen.«

Abends stiegen Laurette und ich in unser Auto, um zu einer Party bei den Newmans zu fahren.

»Fährst du übers Viadukt siebenundzwanzigste oder fünfunddreißigste Straße?« fragte sie.

»Siebenundzwanzigste.«

»Mir wäre fünfunddreißigste lieber.«

»Gut. Fahren wir die fünfunddreißigste.«

Sie sah mich an. »Ist dir nicht wohl?«

»Ich habe nur keine Lust, mich heute abend zu streiten.«

Irgendwann im Laufe des Abends, so gegen halb elf, würde ich für einen Augenblick verschwinden, und wenn ich zurückkäme, würde ich Laurette beiseite nehmen. »Ich habe gerade einen Anruf bekommen. Das heißt, er war eigentlich für dich, aber das Mädchen hat falsch verstanden und mich an den Apparat geholt.«

»Worum ging's denn?«

»Es war Betty Nelson. Sie hat bei uns zu Hause angerufen, und Clara hat ihr gesagt, daß wir hier sind.«

»Ich dachte, Betty wäre in Europa.«

»Offenbar ist sie wieder zurück. Sie erschien mir ziemlich aufgeregt.«

»Was ist denn los?«

»Das wollte sie mir nicht sagen. Aber sie will sich mit dir treffen, sofort. Allein. Ohne mich. An der Ecke Montmorency und Dill Street. Angeblich furchtbar wichtig.«

Laurette würde die Stirn runzeln. »Und sie hat auch nicht angedeutet, worum es geht?«

»Nein. Nur daß du dich beeilen sollst. Sie will um elf dort sein.«

Und da Betty ihre beste Freundin war, würde Laurette unseren Wagen nehmen und hinfahren.

Und was würde ich nach der heutigen Nacht mit Pomfret anstellen?

Das glaubte ich schon irgendwie hinzukriegen. Noch ein paar von seinen Trancen, und ich würde ihn überzeugt haben, daß Jack the Ripper mindestens für diese Generation vollauf zufriedengestellt sei. Ich lenkte den Wagen über das Viadukt an der fünfunddreißigsten.

»Laß mich mal deine Stirn fühlen«, sagte Laurette.

»Mir geht es bestens.«

Laurette schwieg, bis wir das Viadukt hinter uns hatten. »Die meisten Leute halten mich für eine starke Persönlichkeit, aber in Wirklichkeit habe ich bis vorhin noch nie einen Streit mit dir gewonnen.«

»Glückwunsch.«

»Ich meine, die meisten Leute denken, ich hätte meine Schwester und meinen Vater dominiert. Aber das stimmt gar nicht. Mein Verhalten war nur eine Art Selbstschutz, damit ich nicht untergebuttert werde. Melanie war die Dominierende in unserer Familie.«

Diesen Verdacht hegte ich schon, seit ich mich regelmäßig mit Melanie traf. Natürlich hatte ich mich selbst etwas zurücknehmen müssen, um einen guten Eindruck bei ihr zu machen, aber ich hatte das dumpfe Gefühl, daß ich es nach unserer Heirat schwer haben könnte, meine intellektuelle und emotionale Unabhängigkeit zu wahren. Melanie war nicht nach außen hin bestimmend, aber sie hatte Geduld und Ausdauer eines Blutegels. Mit Laurette war viel leichter auszukommen.

»Sag mal«, meinte Laurette jetzt. »Wenn du alles noch einmal machen könntest – und wüßtest, wer das Geld bekommt –, wen würdest du dann heiraten, Melanie oder mich?«

»Es scheint heute nacht neblig zu werden.«

Laurette lächelte dünn. »Dann laß es mich mal so ausdrücken: Wenn wir beide gleich viel Geld hätten, für wen würdest du dich dann entscheiden?«

Meine Antwort kam ohne Zögern: »Für dich natürlich.«

Laurette war den Rest der Fahrt über still und nachdenklich, und als ich den Wagen nicht weit vom Haus der Newmans parkte, berührte sie mich am Arm. »Geld bedeutet dir sehr viel, nicht?«

»Natürlich.«

»Ehrlich gesagt, mir auch. Viel mehr, als du vielleicht glaubst. Ich habe sogar schon daran gedacht, Melanie umzubringen.«

Ich half Laurette aus dem Wagen. »Und was würde das nützen?«

»Eine ganze Menge. Ich weiß zufällig, daß Melanie kein Testament gemacht hat. Wenn sie jetzt stirbt, erbe ich alles.«

Um halb elf ging ich nach oben in eines der Newmanschen Schlafzimmer und führte ein Telefongespräch. »Melanie«, sagte ich. »Ich muß dich sofort sehen. Ich kann dir jetzt nicht erklären, warum, aber es ist furchtbar wichtig. Es geht um unsere ganze gemeinsame Zukunft.«

»Gut, mein Herz«, sagte sie. »Wo treffen wir uns?«

»Ecke Montmorency und Dill. Ich bin zufällig in der Gegend auf einer Party und kann mich für ein paar Minuten davonschleichen.«

Um elf Uhr sah ich zu Laurette auf der anderen Seite des Zimmers hinüber und sprach einen stummen Toast auf zwei Millionen Dollar und Pomfret the Ripper.

Hausrecht

Ich erzählte Big Jim Turley den üblichen Schmus. Du bist hier, weil du der Gesellschaft etwas schuldest. Machst du uns Ärger, werden wir dir auch Ärger machen, spielst du aber mit, wirst du eines Tages als freier Mann durch diese Tore gehen.

Turley lächelte und blickte zur Decke.

Ed Pollard, mein Oberaufseher, funkelte ihn an. »Laß das Grinsen, wenn der Direktor mit dir redet.«

Ich hielt inne, um mir eine Zigarre anzuzünden. »Deine ersten drei Tage hier sind als Orientierungsphase gedacht. Du wirst einer ärztlichen Untersuchung und verschiedenen Persönlichkeits- und Eignungstests unterzogen.«

Turley wirkte groß und stark, und sein teurer Anzug kaschierte, daß nicht die ganze Masse aus Muskeln bestand.

Ich musterte ihn unvoreingenommen und wunderte mich, wie er nur je so eine wichtige Figur hatte werden können. Ich erkannte seine Mängel, die Schwächen, die ich in so vielen anderen sah.

Ich faltete die Hände auf dem Schreibtisch. »Wenn du irgendwelche Fragen hast, kannst du sie jetzt stellen.«

Turley grinste und warf einen Blick auf Pollard. »Ich rede lieber unter vier Augen, Herr Direktor.«

Ich merkte, daß Pollard mich ansah. Ich schüttelte den Kopf. »Was immer du sagen willst, kannst du hier und jetzt sagen.«

Turley lachte in sich hinein. »Dann hat es wohl noch Zeit. Ich bleibe ja fünf Jahre hier.«

Als Turley fort war, ging Pollard vor meinem Schreibtisch auf und ab. Er war ein humorloser Mensch mit dem bitteren Blick dessen, der erkennen mußte, daß die Gerechtigkeit dieser Welt nicht so streng ist wie seine eigene. »Fünf Jahre«, knurrte er. »Lächerliche fünf Jahre kriegt der, und ich fresse einen Besen, wenn er nicht nach zweieinhalb wieder draußen ist.«

Ich lehnte mich zurück. »Er hat nur Geld gestohlen, Ed. Er hat niemanden umgebracht.« Ich zog ein paarmal an meiner Zigarre. »Ihr Ärger ist sicher berechtigt, Ed, aber wissen Sie, was ich gerade ausgerechnet habe? Turley hat uns Steuerzahlern etwa zweiundzwanzig Cent pro Holzkopf geklaut.«

Pollard stützte sich mit den Knöcheln auf meinen Schreibtisch. »Sie sehen das von der falschen Seite, Herr Direktor. Turley hat sich die Taschen mit einer Million Dollar aus öffentlichen Geldern gefüllt.« Er sah mich fest an. »Wo wird Turley hier eingesetzt, Herr Direktor? Fängt er in der Wäscherei an wie die armen Leute, oder besorgen wir ihm ein Federbett und lassen ihn schlafen?«

Ich warf einen Blick auf die Unterlagen vor mir. »Er ist nur einer, Ed. Sie müssen ihn nicht so hassen, als ob er ein ganzes Regiment wäre.«

Pollard schnaubte wütend. »Er ist nur einer von den Gaunern, die das Pech hatten, geschnappt zu werden. Er deckt doch die ganze verrottete Drecksbande von da oben. Er steckt für Costa und seine Organisation die Prügel ein, und das auch noch mit einem Lächeln.«

Pollards Gesicht war rot vor Wut. »Er kriegt, was er verdient. Und zwar von vorn bis hinten.«

Ich sah zu ihm auf und fragte mich, ob es die Mühe wert war, mich verärgert zu stellen. Ich beherrschte meine Stimme. »Von wie weit vorn bis wie weit hinten, Ed?«

Er kniff die Lippen zusammen. »Ich gehe besser wieder an die Arbeit.«

Ich grinste. »Einen Moment, Ed. Ihr Gesicht und ihre Stimme sagen mir, daß Sie überlegen, ob die Organisation mich vielleicht in der Tasche hat. Ob Costa mir womöglich einen kleinen Bonus zukommen läßt, damit ich es Turley hier angenehm mache?«

Pollard stand schon an der Tür. »Gesagt habe ich das nicht.«

Ich nickte. »Aber es ist trotzdem bei mir angekommen. Sie wissen, daß mein Posten hier von der Politik abhängig ist, und Sie wissen, wer die Finger bis zu den Ellbogen in der Politik dieses Staates hat.«

Er wartete, antwortete aber nicht.

»Ed«, sagte ich. »Mich hat niemand in der Tasche. Politik hin oder her. Ich kenne Costa nicht und weiß nichts über seine Organisation. Ich habe diese Stelle hier bekommen, bevor man überhaupt etwas von ihm wußte, und ich habe immer noch ein paar Freunde im Capitol, die dafür sorgen können, daß ich sie behalte. Turley kriegt seine Nummer wie alle anderen auch.«

Pollard rang sich ein schiefes Lächeln ab. »Sie machen mich froh, Herr Direktor. Richtig glücklich.«

Nach den drei Tagen bekam ich die Ergebnisse von Turleys Untersuchungen und Tests. Ich las sie sorgfältig durch, bevor ich eine Seite herausriß und zusammenknüllte. Ich verbrannte sie im Aschenbecher und ließ anschließend Turley kommen.

Er wartete, bis der Wärter aus dem Zimmer war, und setzte sich dann. »Einige dieser Tests waren wirklich interessant. Möchte wetten, daß ich auch gar nicht schlecht abgeschnitten habe.«

Meine Stimme war ganz sanft. »Steh auf, Turley. Ich habe nicht gesagt, daß du dich setzen sollst.«

Langsam stieg ihm die Röte ins Gesicht. »Wissen Sie, mit wem Sie reden?«

Ich lächelte. »Ich glaube, ich rede mit einem Häftling. Du hast fünf Sekunden Zeit zum Aufstehen, oder ich sorge für entsprechende Nachhilfe.«

Seine Kinnlade sackte nach unten. Er erhob sich.

Das ist Teil eins, dachte ich bei mir. Hier bin ich Chef, und das kannst du dir ruhig merken. Ich nahm seine Akte und strich die Ecken glatt. »Ich werde dich zuerst in der Wäscherei einsetzen. Mal sehen, ob wir nicht ein bißchen was von dem Speck wegkriegen.«

Turley blickte verwirrt drein und fuhr sich mit der Zunge über die Lippen. »Ich verstehe das nicht. Mr. Costa hat versprochen, alles hinzubiegen.«

»Es interessiert mich nicht, was dein Mr. Costa versprochen hat. Ich nehme von ihm keine Befehle entgegen, verstanden?« Mein Lächeln war dünn. »Hat er dir garantiert, daß es hier zugeht wie in einem Erholungsheim? Daß du allen Komfort hast? Vielleicht sogar jeden Monat ein paar Tage Ausgang?« Ich lachte. »Der Name Costa ist für mich nur ein Schimpfwort.«

Turley blinzelte entrüstet. »Das können die mit mir nicht machen. Ich kann den ganzen Laden auffliegen lassen. Ich bin nicht irgendwer. Ich bin Big Jim Turley.«

Du bist gar nichts, dachte ich, solange du diese Uniform anhast.

»Costas Einfluß reicht nicht so weit«, sagte ich. Dann machte ich eine bedeutungsvolle Pause. »Aber das heißt nicht unbedingt, daß du hier leiden mußt.«

Ich gab ihm genügend Zeit, um meine Bemerkung zu verdauen. Er beobachtete mich mit argwöhnisch zusammengekniffenen Augen und wartete, was jetzt kommen würde.

Ich betrachtete eingehend meine Zigarre. »Du mußt hier nicht darben, Turley. Du mußt nur bereit sein, dir selbst zu helfen. Ich glaube, ich kann ganz zugänglich sein.«

Nach einigen Sekunden fing er an zu kichern. »Da haben Sie mir aber einen bösen Schrecken eingejagt, Herr Direktor. Ich dachte schon, ich hätte es mit einem ehrlichen Menschen zu tun.«

Dir kann man leicht einen Schrecken einjagen, dachte ich. Du wirst schnell weich, wenn man dich unter Druck setzt.

Ich lächelte und sah zur Decke. »Du hast eine Million abgestaubt, Turley.«

Er lachte auf. »Und ausgegeben.«

Ich schüttelte den Kopf. »So viel Geld bringt man so leicht nicht durch, Turley. Ich schätze, da sind noch ein paar Kröten übrig.«

Turley runzelte die Stirn. »Zehntausend. Mehr geht nicht.«

Ich lehnte mich zurück. »Ich dachte an fünfundzwanzigtausend.«

Seine Miene wurde finster. »Scheren Sie sich zum Teufel!«

Ich beobachtete ihn genau, als er das sagte. Die Worte waren eindeutig, aber ich sah ihm an, daß er bis fünfundzwanzig hinaufgehen würde.

»Turley«, sagte ich leise, »du weißt nicht, wie einsam und ausgeliefert du hier bist. Ich kann für dich Gott sein oder der Teufel. Du hast die Wahl.«

Er fuhr sich ein paarmal nervös mit den Fingern durchs Haar und sah mich grollend an. »Also gut. Fünfundzwanzig. Ich muß aber einen Brief schreiben.«

Ich deutete auf mein Tintenfaß. »Schreib ihn gleich hier und sag, daß du das Geld in Hundertern haben willst. Es soll um zehn Uhr abends in einem Päckchen an der Kreuzung 42. Straße und JJ aus einem Auto geworfen werden. Den Tag kannst du bestimmen, aber warte nicht zu lange damit.«

Er hob eine Augenbraue und grinste matt. »Sie haben kein einziges Mal gestockt. Das haben Sie sich wohl sehr gut überlegt.«

»Ja«, sagte ich. »Ich habe mir etwas Zeit dafür genommen.«

Er fing an zu schreiben. »Es dauert ein paar Tage, bis meine Frau das Geld zusammenhat. Wie wär's mit Freitag?«

Ich nickte und stellte mich hinter ihn, während er schrieb. »Sag nicht, wozu du das Geld brauchst. Und keine Namen.«

Als er fertig war, nahm ich ihm den Brief ab und steckte ihn in einen Umschlag, den er adressierte. »Ich werfe ihn draußen ein. Wir wollen ja nicht unbedingt, daß er durch die Zensur geht.«

Ich setzte mich wieder und entspannte mich. »Du kommst fürs erste in die Bibliothek, Turley. Aber wenn die Sache am Freitag nicht klappt, wird es sehr ungemütlich für dich.«

Am Freitag verließ ich das Gefängnis und war vor zehn an der Kreuzung. Es gab keinerlei Probleme.

Ich nahm mir ein Hotelzimmer in der Stadt und zählte das Geld. Am nächsten Morgen deponierte ich es in einem Bankschließfach und fuhr zum Gefängnis zurück.

Als ich dort ankam, wartete Pollard schon auf mich. Sein

Gesicht war rotfleckig vor Wut. Er folgte mir in mein Büro und kam ohne Umschweife zur Sache. »Ich möchte wissen, warum Sie Turley in die Bibliothek gesteckt haben«, rief er erbost.

Ich betrachtete Pollard, während ich die Hülle von einer Zigarre streifte. Du wärst wirklich dämlich genug zu kündigen, wenn ich Turley in der Bibliothek lasse. Du bist so gestrickt, und du bist ein Idiot. Zwanzig Jahre hast du gebraucht, um so weit zu kommen, aber wahrscheinlich würdest du das alles hinschmeißen, nur um deine selbstgerechte Empörung zu füttern.

Ich zündete die Zigarre an. »Turley hat bei den Tests gut abgeschnitten, Ed. Sie wissen, daß ich die Leute gern da einsetze, wo ich es für am sinnvollsten halte.«

Pollards Blick war finster. »Sie behandeln ihn wie einen Gast.« Er lehnte sich über meinen Schreibtisch und fragte in harschem Ton: »Ist er ein zahlender Gast?«

Ich seufzte tief. »Ed, mal angenommen, Sie säßen auf meinem Stuhl. Angenommen, Sie hätten die Entscheidungen zu treffen. Was würden Sie tun? Denken Sie scharf nach, Ed.«

Sein Lachen war ätzend. »Ich *habe* darüber nachgedacht. Sogar sehr viel.«

Das weiß ich, alter Junge. Aber es ist nur ein Traum, mein Guter. Du wirst nie auf diesem Stuhl sitzen. Du bist zu kleinkariert. Man muß mit den Wölfen heulen, wenn man es zu etwas bringen will. Das ist überall so, Ed. Nicht nur hier. Aber Leute wie du lernen es nie.

Ich lächelte ein bißchen. »Sie würden Turley schwitzen lassen?«

»Darauf können Sie Gift nehmen«, kläffte er. »Ich würde ihn persönlich durch die Mangel drehen.«

Ich trommelte nachdenklich mit den Fingern auf meinem

Schreibtisch herum, dann schaute ich hoch. »Vielleicht habe ich ja bei Turley einen Fehler gemacht, Ed.«

Pollard sah mich mißtrauisch und abwartend an.

Ich stand auf. »Wir machen es so, wie Sie wollen, Ed. Wenn Sie ihn gern in der Wäscherei hätten, okay, dann kommt er in die Wäscherei.«

Pollard nickte hoch zufrieden. Er ging zur Tür, drehte sich aber noch einmal um, bevor er sie erreicht hatte. Auf seinen Wangenknochen waren rote Flecken zu sehen. »Es tut mir leid, daß ich – daß ich das gesagt habe, Herr Direktor. Manchmal rede ich schneller als ich denke.«

Entschuldige dich nicht zuviel, Ed, dachte ich. Ich tue nichts für dich. Ich lächelte müde. »Ist schon in Ordnung, Ed. Vergessen wir's.«

Obwohl der ärztliche Bericht über Turley sehr ernst geklungen hatte, dachte ich, es würde wohl ein Weilchen dauern. Aber nachmittags um halb fünf kam Pollard zu mir. Er sah ganz grau aus. »Er ist einfach umgekippt, Chef, einfach so.«

Ich blickte von den vor mir liegenden Papieren auf und runzelte die Stirn. »Wer ist umgekippt?«

Pollards Stimme bebte. »Turley. Er ist tot. Wahrscheinlich das Herz.«

Ich starrte ihn unverwandt an.

Er trat nervös von einem Fuß auf den anderen. »Ich hab ihn ganz schön zum Schwitzen gebracht in der Wäscherei. Die ganze Zeit über hab ich ihn nicht aus den Augen gelassen und ihm gesagt, wo's langgeht, und plötzlich sagte er, ihm ist schlecht.«

Ich rieb mir die Stirn und sagte ein Weilchen gar nichts. Dann schaltete ich meine Gegensprechanlage ein. »Novack, bringen Sie mir mal Turleys Unterlagen.«

Als sie kamen, nahm ich die Blätter mit dem ärztlichen Bericht heraus und las sie. Dann deutete ich auf ein Papierschnipselchen unter einer Heftklammer. »Sieht aus, als wäre da noch eine Seite gewesen, die jemand mich nicht lesen lassen wollte. Vielleicht war das die, auf der etwas über den Zustand von Turleys Herz stand.«

Ich sah Pollard an.

Seine Augen wurden immer größer. »Sie denken doch nicht, daß ich so etwas tun würde?«

Ich schaute weg. »Nein, Sie sind schon zu lange bei mir, Ed. Ich denke, ich kann Ihnen glauben, wenn Sie sagen, daß Sie es nicht waren.«

Pollards Stimme klang gepreßt. »Sicher hab ich ihn gehaßt. Ich hasse alle diese Typen, aber ich würde ihn nicht bewußt beseitigen wollen.« Unvermittelt zuckte ein Muskel in seinem Gesicht. »Einer von der Schreibstube könnte die Seite vernichtet haben.«

Ich lächelte traurig. »Wollen Sie eine Untersuchung, Ed? Wirklich eine Untersuchung?«

Er zögerte. »Warum nicht? Ich habe nichts zu verbergen.«

»Natürlich nicht, Ed«, sagte ich beschwichtigend. Ich rieb mir das Kinn. »Turley hatte viele einflußreiche Freunde, und die können uns das Leben ganz schön schwermachen. Wenn ich eine Untersuchung anstelle, sickert das irgendwann zu den Zeitungen durch, und viele gucken uns über die Schulter. Die würden einen Sündenbock suchen, Ed. Sie würden wissen wollen, wer Turley so sehr haßte, daß er ihm den Tod wünschte.« Unsere Blicke trafen sich. »Und sie würden einen finden, Ed.«

Ich stand auf. »Ed«, sagte ich leise, »ich glaube, es wäre besser für … besser für uns beide, wenn die Sache an Ort und Stelle begraben würde. In diesem Büro.«

Pollard schwieg und sah mich nicht an.

»Ed«, sagte ich sanft, »Sie haben Frau und Kinder.«

Er stand gute drei Minuten da und krampfte die Hände zusammen, daß die Knöchel weiß hervortraten. Schließlich sah er mich an. »Der Arzt. Der will womöglich wissen, warum wir Turley in die Wäscherei geschickt haben, wenn er doch herzkrank war.«

Ich schüttelte den Kopf. »Er weiß, daß wir alle Fehler machen, Ed. In der besten Absicht. Ich kenne ihn lange genug, um einen Gefallen von ihm erbitten zu können.« Ich klopfte Pollard auf die Schulter. »Er ist doch auch ein guter Freund von Ihnen, Ed, oder?«

Ich ging, bevor die Tore für die Nacht verschlossen wurden, und fuhr in die Ufergegend der Stadt.

Mr. Costa machte persönlich die Drinks zurecht. Er schüttelte traurig den Kopf. »Dann war es also sein Herz?«

»Ja, Sir«, sagte ich. »Ich glaube, er wußte selbst nicht, wie schlimm es um ihn stand.«

Er reichte mir mein Glas. »Jim sah immer so gesund aus.«

»So was kann man nie wissen, Sir«, sagte ich. »Er ist im Schlaf gestorben. Es war… nun ja, ein friedlicher Abgang.«

Costa zuckte die Achseln. »Wenigstens haben wir versucht, es ihm leichtzumachen. Die Organisation bildet sich etwas darauf ein. Wir haben für Loyalität etwas übrig, und Jim war loyal.«

»Ja, Sir«, sagte ich. »Er hat bei uns wie ein König gelebt. Er hatte alles, was er wollte – dafür habe ich gesorgt.« Ich sah Costa über mein Glas hinweg an. Er kam mir gar nicht so groß vor. Jetzt nicht mehr.

Er nippte an seinem Drink. »Zu dumm, das mit Jim. Wir sorgen gern für die Unseren.«

»Ja, Sir«, sagte ich, »das tun wir immer.«

Schlafende Schuld

Jim Stauffer saß auf der Holzbank, seine rechte Hand war mit Handschellen an den Heizkörper gefesselt. Er sah mich nicht an.

»Es ist ein Mißverständnis«, sagte er mit gepreßter Stimme. »Ich schwöre, daß ich das nicht getan habe.«

Sergeant Morris hatte den einen Fuß auf einem Stuhl. Er nahm die Zigarre aus dem Mund und sah Jim voller Abscheu an. »Es dürfte Ihnen schwerfallen, uns davon zu überzeugen.«

Ich betrachtete Jim ein paar Sekunden und wandte mich dann an Morris. »Ich würde jetzt gern meine Tochter sehen, wenn es geht«, sagte ich.

Millie saß auf einer Ledercouch, die Hände auf dem Schoß gefaltet. Am Schreibtisch saß ein hagerer Mann mit ruhigen braunen Augen, rauchte eine Zigarette und beobachtete sie.

Millie sah mit dunklen Augen zu mir auf. »Der Doktor hat mich untersucht«, sagte sie.

Ich legte ihr die Hand auf den Kopf und strich ihr sanft übers Haar. »Ich weiß«, sagte ich.

Der Mann am Schreibtisch stand auf, und Sergeant Morris erklärte: »Das ist Doktor Kaplan.«

Dr. Kaplan warf einen Blick auf seine Notizen. »Sie sagt, sie sei dreizehn.«

»Stimmt«, bestätigte ich. »Dreizehn.«

Millies Blick wanderte zu Sergeant Morris. »Mr. Stauffer und Daddy sind schon seit Ewigkeiten befreundet. Sie gehen zusammen fischen, und ich dachte nicht, daß er so etwas tun würde.«

Dr. Kaplan kratzte sich an der Augenbraue. »Ich habe ihr nichts gegeben. Ein Beruhigungsmittel war meiner Ansicht nach nicht nötig.«

»Ich bin nur hingegangen, weil ich deine Angelsachen holen wollte«, sagte Millie. »Du hast gesagt, daß du sie bei ihm vergessen hast, und ich dachte, du wolltest sie haben.«

Sie senkte den Blick. »Als Mr. Stauffer mich losgelassen hat, bin ich nach nebenan zu Mrs. Hendricks gerannt, und die hat dann die Polizei angerufen.«

Ich trat ans Fenster und sah hinaus. Zweihundert Meter grüner Rasen trennten die Rückseite des Polizeireviers vom nächsten Gebäude, einem großen Backsteinbau, der als Möbellager diente.

»Was wollen Sie unternehmen?« fragte ich.

»Ich weiß nicht, wie es ausgehen wird«, meinte Morris. »Die Höchststrafe ist lebenslänglich, aber manche kommen mit fünf Jahren davon.«

Ich drehte mich um. »Und können nach drei Jahren auf Bewährung rauskommen?«

Morris hob die Schultern. »Zuwenig, da gebe ich Ihnen vielleicht recht, aber ich mache die Gesetze nicht.«

Dr. Kaplan stand gegen seinen Schreibtisch gelehnt und betrachtete nachdenklich ein Bild an der Wand.

Morris wickelte eine neue Zigarre aus der Hülle. »Er hätte sie umbringen können«, sagte er. »Das kommt häufig vor, wenn sie wissen, daß sie zu identifizieren sind.«

»Manchmal«, sagte Dr. Kaplan leise. Er lächelte leicht vor sich hin. »Und manche sind auch wieder *keine* Mörder.« Er sah mich an. »Ist Ihre Frau hier?«

»Nein«, sagte ich. »Sie ist vor zehn Jahren gestorben.«

Millie beobachtete mich. Ich ging zu ihr hinüber. »Ist ja gut, Schätzchen. Es kommt schon alles in Ordnung.«

Ich drehte mich zu Sergeant Morris um. »Ich möchte Jim noch einmal sehen.«

Er wechselte einen Blick mit Dr. Kaplan, worauf Kaplan mit uns kam.

Jim hatte eine Zigarette in der linken Hand und sah kurz auf, als ich ins Zimmer trat.

Ich ging auf ihn zu, aber einer der Beamten stellte sich dazwischen.

»Immer mit der Ruhe, Mr. Holman«, sagte er leise.

Ich sah noch ein paar Augenblicke an ihm vorbei zu Jim, dann trat ich zurück.

Dr. Kaplan nahm das Wort. »Mr. Stauffer«, sagte er. »Wir haben einen Polygraphen, einen Lügendetektor. Aber Sie haben das Recht, den Test abzulehnen.«

Stauffer fuhr sich mit der Zunge über die Lippen. »Ich lehne ihn ab«, sagte er dann. »Ich mache diesen Test nicht.«

Mein Blick blieb am Holster eines der uniformierten Polizisten hängen. Dr. Kaplan beobachtete mich und schüttelte langsam den Kopf.

Unsere Blicke trafen sich, und ich sagte: »Wissen Sie, wie mir zumute ist?«

Er lächelte dünn. »Nein«, meinte er. »Das kann ich wirklich nicht behaupten.«

Die Tür ging auf, und ein Polizist in Zivil kam herein. »Stauffers Anwalt ist da«, sagte er.

Ich ging hinaus und wieder zu Millie. »Komm, Schätzchen, wir gehen jetzt.«

Sie sah zu mir auf. »Fahren wir nach Hause?«

»Nein«, sagte ich. »Wir nehmen uns für ein Weilchen ein Hotelzimmer.«

Ich trug mich im ›Marshall Arms‹ als Mr. James West mit Tochter ein, und wir gingen auf unser Zimmer.

»Hast du Hunger, Schätzchen«, fragte ich.

Sie stand mitten im Zimmer und sah sich den Frisiertisch an. »Ja«, antwortete sie.

Ich bestellte eine Mahlzeit aufs Zimmer, und als Millie fertig war, sagte ich: »Kannst du ein Weilchen allein bleiben, Schätzchen? Ich muß nach Hause fahren und ein paar Sachen für uns holen.«

Sie befingerte die silberglänzende Kaffeemaschine. »Ich komme schon zurecht, Daddy.«

Vor meinem Haus parkte eine dunkelblaue Limousine, und ich hielt dahinter.

Dr. Kaplan saß zigaretterauchend in der Schaukel auf der Veranda. Er riß sich aus seiner Träumerei und sah mich an. »Ihre Tochter ist nicht bei Ihnen?«

»Nein«, sagte ich. »Wir sind in ein Hotel gezogen.«

Er nickte. »Es waren schon Reporter da, als ich kam, und die werden wiederkommen.«

Ich setzte mich neben ihn. »Und?« fragte ich.

Er schlug die Beine übereinander und sah hinaus in die Dämmerung. »Stauffer hat mit seinem Anwalt gesprochen, nachdem Sie weg waren. Sie haben sich auf ein Geständnis geeinigt.«

Ich beobachtete ein Weilchen sein Gesicht. »Sie halten ihn nicht für schuldig?« fragte ich.

Er ließ seine Zigarette auf die Veranda fallen und trat sie aus. »Ich halte ihn nicht für unschuldig.« Er stand auf und sah auf mich herunter. »Stauffer und sein Anwalt werden wahrscheinlich versuchen, auf Mißbrauch mit Einverständnis zu plädieren.«

Ich wartete. Im Halbdunkel sah ich seine Zähne in einem

dünnen, humorlosen Lächeln aufblitzen. Er schien in die Stille der verlassenen Straße hineinzulauschen.

Schließlich sagte er: »Das ist nicht dasselbe wie Vergewaltigung.«

Ich sah auf meine Hand. »Warum sind Sie hergekommen?« fragte ich.

Er dachte kurz nach. »Aus Pflichtgefühl«, antwortete er. »Und vielleicht aus Neugier. Ich wollte wissen, was Sie denken.«

Ich schwieg.

Er sah auf die Uhr. »Ich bestelle Stauffer heute abend in mein Büro. Wenn ich mit ihm gesprochen habe, bin ich etwas klüger.« Er stippte eine neue Zigarette aus seiner Packung, zündete sie an und stieß den Rauch aus. »Nach wem ist sie geraten? Nach ihrer Mutter?«

Ich sah ihn an und schwieg.

Er ging die Treppe halb hinunter, dann drehte er sich noch mal um. »Ich muß aussagen«, sagte er, und in seinem Lächeln lag Trauer. »Ich bin Arzt, wissen Sie.« Er zögerte wieder. »Übrigens, Mr. Holman, wie ist Ihre Frau ums Leben gekommen?«

Ich lauschte einer Zikade auf dem Rasen des Nachbargrundstücks. »Durch einen Jagdunfall«, sagte ich. »Ich habe sie erschossen.«

Als er fort war, schloß ich die Haustür auf und ging nach drinnen. Ich suchte einen Koffer heraus, dann sah ich Millies Sachen durch und packte ein, was sie meiner Einschätzung nach in den nächsten Tagen brauchen würde.

Ich legte ihren Baumwollpyjama in den Koffer und machte die Schranktür auf. In einem der Fächer fiel mir zwischen zwei zusammengefalteten Laken etwas Rotes ins

Auge. Ich befingerte das rote Kleid kurz, bevor ich es in den Koffer packte.

Dann setzte ich mich auf ihr Bett und rauchte langsam eine Zigarette. Anschließend ging ich zur Frisierkommode, berührte die Bürste und den Kamm, die darauf lagen, und zog eine der Schubladen auf. Ich nahm ein Paar antike Perlohrringe und einen Lippenstift heraus und steckte beides in meine Tasche.

Ich ging mit dem Koffer zu meinem Waffenschrank in der Werkstatt. Mit abgeknicktem Lauf paßte die Waffe diagonal in den Koffer. Ich steckte mir eine Handvoll Patronen in die Jackentasche.

Dann fuhr ich mit dem Wagen in die Stadt und parkte in einer dunklen Gasse neben dem Möbellager. Im Schein der Armaturenbeleuchtung setzte ich das Gewehr zusammen. Dann stieg ich aus, zog die Feuerleiter an der Seite des Lagerhauses herunter und kletterte bis zum ersten Stock.

Ich schob eine Patrone in die Kammer des Gewehrs und suchte mit dem Zielfernrohr die erleuchteten Fenster des großen Gebäudes jenseits des Rasens ab, bis ich Dr. Kaplans Büro fand.

Er saß an seinem Schreibtisch; aus einem Aschenbecher neben ihm driftete der Rauch einer Zigarette zur Decke. Ihm gegenüber saß Jim Stauffer, auf der Couch ein uniformierter Polizist mit übereinandergeschlagenen Beinen.

Ich stützte den Gewehrlauf auf das Geländer der Feuerleiter. Das Fadenkreuz des Fernrohrs verharrte einen Augenblick auf Dr. Kaplan und schwenkte dann auf Jim.

Jim beugte sich gerade vor und sagte etwas, als ich abdrückte. Ich hielt das Fernrohr noch so lange auf das Fenster gerichtet, bis ich sicher war, daß ich gute Arbeit geleistet hatte. Dann stieg ich die Feuerleiter hinunter.

Es dauerte etwa zehn Sekunden, das Gewehr wieder zu knicken und im Koffer zu verstauen. Als ich den Motor anließ und die Gasse entlangfuhr, waren die Hintertüren des Polizeireviers noch zu.

Beim Hotel fuhr ich auf den Parkplatz und ging mit meinem Koffer zu unserem Zimmer hinauf.

Millie saß am Frisiertisch und kämmte sich.

Sie sah mich an und lächelte. »Ich habe unten angerufen und mir Kamm und Bürste bringen lassen. Ich dachte, du vergißt sie bestimmt. Und ein Nachthemd habe ich auch gekauft, Daddy. Ganz toll. Ein wunderschönes Azurblau.«

Ich stellte den Koffer ab.

Sie betrachtete sich kritisch im Spiegel. »Kommt mein Name in die Zeitung, Daddy?«

»Nein«, sagte ich. »Den dürfen die nicht veröffentlichen.«

Sie fuhr mit dem Kamm langsam durch ihr Haar und lächelte.

Ich setzte mich in einen Sessel und schloß die Augen.

»Es ist doch das schlimmste Verbrechen, das es gibt, nicht wahr, Daddy?« fragte sie.

»Manche sehen es so«, sagte ich.

Sie schwieg ein paar Sekunden, dann meinte sie: »Hab ich mir so gedacht.«

Ich machte die Augen auf, und sie saß immer noch vor dem Spiegel. Ich griff in meine Jackentasche und nahm den Lippenstift heraus. Dann ging ich zu ihr hinüber und stellte ihn auf den Frisiertisch.

Sie sah ihn an, dann mich. »Viele Mädchen in meinem Alter benutzen Lippenstift.« Sie lächelte mich an. »Da ist natürlich nichts dabei, Daddy.«

Ich ging wieder zum Sessel und setzte mich.

»Wetten, daß es Mr. Stauffer jetzt leid tut?« meinte sie. »Und er muß sein ganzes Leben lang im Gefängnis bleiben, oder sie hängen ihn vielleicht sogar auf.« Sie drehte sich um und sah mich an. »Da kann ihn doch auch kein Anwalt raushauen, nicht wahr, Daddy?«

»Ein Anwalt wird ihm nichts nützen«, sagte ich.

Sie lächelte. »Da bin ich aber froh. Weil Mr. Stauffer nämlich viel Geld hat und sich einen richtig schlauen Anwalt nehmen könnte. Er hat mir mal sein Sparbuch gezeigt.« Ihr Blick wanderte zu ihrem Spiegelbild zurück, und sie betrachtete es eingehend. »Er ist geizig«, sagte sie. »Ein knickriger Raffzahn.«

Ich saß ganz ruhig da und wartete.

Nach einer Weile meinte sie: »Ich sehe nicht aus wie dreizehn, Daddy, oder?«

»Nein«, sagte ich.

Sie drehte sich wieder um. »Sehe ich Mutter sehr ähnlich?«

»Ja«, sagte ich. »Du bist genau wie sie.«

Millie war eine Zeitlang still und dachte nach, dann stand sie auf, kam zu mir herüber und setzte sich auf die Armlehne meines Sessels.

»Mr. Stauffer sitzt jetzt in der Klemme, nicht wahr?«

Ich sagte nichts.

»Ich meine, er wird sicher alle möglichen häßlichen Sachen sagen, weil er so in der Klemme ist. Aber alle werden mir glauben, nicht wahr, Daddy?«

»Die meisten«, sagte ich.

Sie strich mir abwesend durchs Haar. Ihr Augen glänzten, während sie ins Leere blickte, und ein entferntes Lächeln lag auf ihrem Gesicht. Ihre Lippen bewegten sich, und die Worte waren sanft und leise. »Dieser dreckige, geizige Mistkerl. Dem tut es jetzt leid.« Und dann reckte sie sich langsam und genüßlich. »Ich gehe jetzt ins Bett, Daddy.«

Sie ging ins Bad, und als sie wiederkam, trug sie ein hauchdünnes Negligé. Sie schlug die Decke von einem der beiden Einzelbetten zurück und schlüpfte hinein.

»Gute Nacht, Daddy«, sagte sie.

Ich sah auf sie hinunter. Ihr Gesicht war frisch gewaschen, ihr helles Haar mit einem blauen Band zusammengebunden.

»Gute Nacht, Schätzchen«, sagte ich. »Gute Nacht, meine Kleine.«

Ich beugte mich über sie und gab ihr einen Kuß.

Dann ging ich zu meinem Sessel zurück und rauchte ruhig eine Zigarette, bis ihre Atemzüge tief und gleichmäßig wurden. Ihr Gesicht sah entspannt aus, und sie lächelte im Schlaf.

Ich ging zum Koffer und klappte ihn auf. Ich schob das rote Kleid beiseite, das nicht von meinem Geld gekauft worden war, nahm das Gewehr heraus und setzte es methodisch zusammen.

Als ich in meine Jackentasche griff, fühlte ich die Perlohrringe, die Jim mir einmal gezeigt hatte. Sie waren seit Generationen in seiner Familie, und er bewahrte sie immer in seinem Wandsafe auf.

Ich schob zwei Patronen ins Magazin des Gewehrs. Bald würde meine Tochter für immer schlafen.

Der zweite Brief

Es gibt keinen verlasseneren Ort als das Einkaufszentrum einer Kleinstadt nach Mitternacht – und keinen, an dem ein geparktes Auto verdächtiger wirken würde. Also ließ ich meines ein Stück davor in einer dunklen Seitenstraße stehen, nahm meine Werkzeugtasche aus dem Kofferraum und ging den Rest des Weges zu Fuß.

Ich war mit dem Schloß an der Hintertür des Schnapsladens beschäftigt, als ich ein Auto kommen hörte und den Lichtkegel der Scheinwerfer in die Straße hinter dem Laden schwenken sah. Zuerst dachte ich, das wäre die örtliche Polizei auf einer Routinestreife, und drückte mich in den Schatten der Hauswand.

Als der Wagen langsam vorbeifuhr, stieß ich einen erleichterten Seufzer aus. Es war kein Streifenwagen. Er fuhr vielleicht noch sechs Meter weiter und stoppte dann abrupt.

Die Beifahrertür ging auf, und ich hörte Schimpfen und so etwas wie ein Handgemenge. Ein Mann taumelte heraus und wollte offenbar gerade wieder einsteigen, als ein Schuß ertönte und er zu Boden fiel. Eine Hand griff von innen nach der Tür und zog sie zu. Ich stand da und starrte auf das Nummernschild, während der Wagen davonbrauste.

Als er verschwunden war, rannte ich zu der Stelle, wo der Mann lag, und leuchtete mit meiner Taschenlampe. Er war etwa Anfang Dreißig und ziemlich tot. Der Schuß hatte ihn in die Brust getroffen.

Ich war soeben Zeuge eines Mordes geworden, konnte

aber nicht gut zur Polizei gehen. Mein Bewährungshelfer hatte mich seit über zwei Jahren nicht mehr gesehen, und ich konnte mir eine Menge Ärger einhandeln, wenn er erfuhr, wo ich gewesen war. Es wäre am klügsten, so schnell wie möglich aus diesem Städtchen zu verschwinden und die Sache zu vergessen.

Ich ging zu meinem Wagen und fuhr in die Großstadt zurück, wo ich bei Sonnenaufgang ankam.

In meiner Wohnung machte ich mir einen kräftigen Drink und ging dann zu Bett. Aber ich konnte nicht einschlafen. Dieses Nummernschild schien sich in mein Gehirn eingebrannt zu haben. Ich wollte es vergessen und versuchte es auch, aber es war sinnlos.

Schließlich stand ich wieder auf und spannte vorsichtig, um keine Fingerabdrücke zu hinterlassen, ein Blatt Papier in meine Reiseschreibmaschine. Dann schrieb ich nach dem Adlersystem:

> Sehr geehrte Herren,
> vergangene Nacht war ich Zeuge, wie in der Gasse hinter dem Spirituosenladen im Einkaufszentrum Ihrer Stadt ein Mann ermordet wurde.
> Aus persönlichen Gründen kann ich nicht selbst zur Polizei gehen. Aber ich habe das Kennzeichen des Wagens gesehen, aus dem der tödliche Schuß abgegeben wurde. Es lautet: C 45-871.
>
> Ein pflichtbewußter Bürger

Ich adressierte den Umschlag an den Polizeichef von Jefferson Falls und ging den Brief einwerfen.

Jetzt war es Sache des Polizeichefs, etwas zu tun. Er würde den Besitzer des Wagens ausfindig machen, ihn verhören, erhärtende Beweise finden und wahrscheinlich sogar ein Geständnis bekommen.

Ich fand mein Verhalten ziemlich gut. Ich war richtig aufgekratzt, weil ich meiner Bürgerpflicht so brav nachgekommen war.

Einen Monat ließ ich vergehen, bevor ich beschloß, es noch einmal bei dem Schnapsladen in Jefferson Falls zu versuchen.

Ich kam am frühen Abend dort an und war ziemlich hungrig. Deshalb ging ich in eine Imbißstube an der Hauptstraße, setzte mich an den Tresen und bestellte mir das Tagesgericht: Schweizer Steak mit Kartoffelbrei.

Das Mädchen hinter dem Tresen hatte nicht viel zu tun und wartete offenbar nur darauf, daß ich ein Gespräch anfing. »Nettes ruhiges Städtchen hier«, sagte ich.

Sie schien richtig stolz, das widerlegen zu können. »Ach, ich weiß nicht, wir haben auch unsere Aufregungen.«

Ich hatte das Gefühl, daß sie gleich von dem Mord anfangen würde, und das tat sie.

»Vor einem Monat ist Bob Jenson erschossen worden. Er hatte in der Autoreparaturwerkstatt unten an der Straße gearbeitet.«

»Na, so was!« sagte ich. »Dann passiert ja hier tatsächlich mal was. Wer hat ihn denn erschossen?«

»Das weiß keiner.«

Ich runzelte die Stirn. »Gab es denn keine Tatverdächtigen?«

»Ich glaube, die halbe Stadt ist verhört worden. Aber der Mörder läuft immer noch frei hier herum. Wenn er überhaupt von hier ist. Er könnte ja auch von außerhalb sein, sogar aus einem anderen Bundesstaat.«

Ich dachte nach. Hatte das Nummernschild vielleicht zu einem gestohlenen Auto gehört und folglich auf eine falsche Spur geführt? Oder war mein Brief schlicht im Labyrinth der Postwege verlorengegangen? Wenn letzteres der Fall war, mußte ich das in Ordnung bringen.

Als ich fertig gegessen hatte, ging ich in den nächstgelegenen Laden und kaufte Briefpapier und eine Briefmarke. Ich hätte lieber mit Schreibmaschine geschrieben, aber da ich nunmal keine zur Verfügung hatte, nahm ich meinen Kugelschreiber.

> Sehr geehrte Herren,
> vor etwa einem Monat wurde ich Zeuge eines Mordes in Ihrem Städtchen und schrieb Ihnen dazu einen Brief, in dem ich auch das Kennzeichen des Wagens nannte, aus dem der tödliche Schuß abgegeben wurde.
> Es besteht die Möglichkeit, daß Sie meinen Brief nicht bekommen haben. Deshalb schreibe ich Ihnen heute noch einmal. Die Autonummer ist: C 45-871.
>
> Pflichtbewußter Bürger II

Ich adressierte den Umschlag an den Polizeichef von Jefferson Falls und warf ihn in den nächsten Briefkasten.

Ich hatte vorgehabt, die Sache mit dem Schnapsladen in der Nacht zu erledigen und dann gleich abzufahren. Aber jetzt beschloß ich, sie um einen oder zwei Tage zu verschieben, bis ich wußte, was die Polizei tun würde, wenn sie meinen zweiten Brief bekam. Ich mietete mich in einem kleinen Hotel an der Hauptstraße ein.

Am nächsten Vormittag um elf klopfte es an meiner Zimmertür. Ich stand auf und sah mich einem stattlichen, grauhaarigen Mann in Polizeiuniform gegenüber.

Er betrachtete mich eingehend. »Ich bin der Polizeichef dieses Städtchens und habe heute morgen Ihren Brief bekommen.«

Ich stellte mich unwissend. »Brief? Was für einen Brief? Ich weiß nichts von einem Brief.«

Er lächelte, allerdings nicht belustigt. »Ihr Umschlag war hier abgestempelt, da dachte ich, Sie sind vielleicht noch in der Stadt. Hierher bin ich gekommen, weil es unser einziges Hotel ist. Und wenn ich auch kein Handschriftenexperte bin, würde ich doch sagen, daß die Schrift in diesem Brief mit der im Gästebuch unten übereinstimmt.«

Er trat ins Zimmer. »Sind Sie sich mit diesem Nummernschild ganz sicher?«

Ich seufzte. »Ganz sicher.«

»Und Sie haben gesehen, wie Jenson erschossen wurde?«

»Ja.«

»Können Sie den Mörder beschreiben?«

»Leider nein. Ich habe nur seine Hand und seinen Arm gesehen.«

»Und das ist wirklich nicht nur ein Spinnerbrief, der jemandem Ärger machen soll?«

»Nein. Ich habe den Mord gesehen, und die Nummer stimmt.«

»Wo hat sich der Mord ereignet?«

»Draußen in Ihrem Einkaufszentrum.«

»Das könnten Sie auch in unserer Lokalzeitung gelesen haben.«

»Ich habe Ihre Lokalzeitung noch nie in der Hand gehabt.«

»Der Leichenbeschauer sagt, Jenson sei gegen Mitternacht erschossen worden. Was haben Sie um die Zeit dort draußen gemacht?«

Ich räusperte mich. »Ich konnte nicht schlafen, da bin ich ein bißchen herumgelaufen. Ich dachte, dieser Durchgang sei eine Abkürzung zum Hotel.«

Das schien er zu schlucken. »Also gut. Dann kommen Sie bitte mit und zeigen mir die Stelle, an der Jenson gestorben ist.«

Wir gingen nach unten zu seinem Streifenwagen und fuhren zum Einkaufszentrum. Ich zeigte ihm die Stelle, an der Jenson gelegen hatte.

Als wir wieder im Auto saßen, versuchte der Polizeichef noch einmal. »Sie sind sich also völlig sicher, was dieses Nummernschild angeht?«

»Völlig. Es will mir irgendwie nicht mehr aus dem Kopf.«

Er fuhr los. Ich hatte erwartet, daß er mich ins Hotel zurückbringen würde, aber er bog nach rechts ab und fuhr aufs offene Land hinaus.

»Wo fahren wir hin?« fragte ich.

»Ich will meinem Sergeant Bescheid sagen. Er wohnt außerhalb der Stadt. Und heute ist sein freier Tag.«

Ich nickte. »Danach werden Sie sich wahrscheinlich mit der Zulassungsstelle in Verbindung setzen, um den Besitzer festzustellen?«

»Nein. Das ist nicht nötig. Ich weiß, wem der Wagen gehört.«

»Wem denn?«

Sein Blick schwenkte für einen Moment von der Straße ab. »Mir.«

Ich starrte ihn an, und langsam wurde es mir unbehaglich. »Der Schuß kam aber nicht aus einem Streifenwagen.«

»Privat benutze ich nie den Streifenwagen. Da habe ich ein normales Auto.«

Und dann ging mir plötzlich ein Licht auf. Als ihm vor

einem Monat mein erster Brief auf den Tisch geflattert war, hatte er seine eigene Autonummer erkannt. Vielleicht hatte er sogar nach mir gesucht, aber ich war ja nicht mehr in der Stadt gewesen. Doch jetzt hatte ich den Fehler gemacht, zurückzukommen und einen zweiten Brief zu schreiben.

Und nun saß er neben mir. Der Mörder. Und er hatte eine Schußwaffe – eine große – in seinem Holster.

Ich fing an zu schwitzen. »Wenn ich es mir recht überlege, glaube ich, daß ich mich bei der Autonummer vielleicht doch geirrt habe. Ich habe ein sehr schlechtes Gedächtnis, und außerdem sehe ich ehrlich gesagt auch nicht besonders gut. Die letzten drei Zahlen habe ich mehr oder weniger nur geraten.«

Er sah mich wieder an und lächelte beinah traurig. »Ich glaube an das, was in dem Brief steht.«

Ich schloß die Augen. Was sollte ich jetzt tun? Ihn überwältigen? Er war viel kräftiger als ich. Mich aus dem Wagen werfen? Dabei würde ich wahrscheinlich ums Leben kommen, denn wir fuhren knapp neunzig.

Ich suchte immer noch verzweifelt nach einem Ausweg, als er die Fahrt verlangsamte und in eine lange, unbefestigte Zufahrt einbog. »Ich habe Ihren ersten Brief nie bekommen«, sagte er. »Als Jenson erschossen wurde, war ich auf Hawaii in Urlaub.«

Er hielt vor dem Bauernhaus am Ende der Zufahrt. »Immer wenn ich nicht da bin, übernimmt Charlie Watkins meine Aufgaben als Polizeichef, und das heißt auch, daß er die Post öffnet, die an mich adressiert ist.«

Er öffnete die Fahrertür. »Ich war auf Hawaii, aber mein Auto nicht. Ich hatte es vorübergehend Charlie überlassen, weil seines nicht in Ordnung war.« Er seufzte. »Komisch, daß man nie einen von den eigenen Leuten verdächtigt. Aber jetzt fügt sich alles zusammen. Jenson und Charlie waren Trinkgenossen, und Charlie hat immer seine Waffe dabei, auch wenn er nicht im Dienst ist. Ich nehme an, er und Jenson hatten irgendeinen Streit. Ich werde Charlies Waffe in unserem Labor untersuchen lassen.«

Die Untersuchung im Labor ergab, daß Sergeant Charlie Watkins' Revolver die Waffe war, mit der Bob Jenson erschossen wurde. Watkins wurde vor Gericht gestellt, für schuldig befunden und zur Verbüßung seiner Strafe ins Staatsgefängnis gebracht.

Dorthin wurde auch ich zurückgeschickt, weil ich gegen meine Bewährungsauflagen verstoßen hatte. Schöne Dankbarkeit ist das! Schließlich hatte ich nichts weiter getan als der Gerechtigkeit zum Sieg verholfen. Kein Wunder, daß die Leute sich nicht gern in etwas hineinziehen lassen.

Diebische Augen

Durch den Spion beobachtete ich, wie sie das Viertelpfund Butter in ihrer Handtasche verschwinden ließ. Dann verließ ich den Lagerraum und ging den langen Gang entlang in den vorderen Teil des Ladens.

Weaver war in der Backwarenabteilung und überprüfte gerade die neuen Preisänderungen. Er sah von seinem Clipboard hoch, als ich zu ihm trat.

»Die Frau in dem graukarierten Mantel«, sagte ich. »Sie steht jetzt vor den Tiefkühltruhen.«

Er rollte die Zigarre im Mund umher und betrachtete sie. »Sieht nach East Side aus. Gut angezogen.«

Sie war vielleicht Mitte Fünfzig, wahrscheinlich schon Großmutter. Soeben schob sie ihren Einkaufswagen zu den Frühstücksregalen.

»Was hat sie genommen?«

»Ein Viertelpfund Butter.«

Weaver zündete seinen Zigarrenstummel neu an, und wir gingen durch den Haupteingang nach draußen und blieben auf dem Gehweg stehen.

Weaver stand mit dem Rücken zu den großen Schaufensterscheiben. Er wippte leicht auf den Absätzen und blickte zum Himmel hinauf. »Schöner Tag. Genau richtig zum Golfspielen.«

Wir redeten ein Weilchen über den Golfplatz Greenfield und sahen dem Verkehrspolizisten an der Ecke zu. Dann sagte ich: »Sie ist jetzt an der Kasse.«

Weaver drehte sich nicht um. »Bei der Butter können sie einfach nicht widerstehen. So kleine Päckchen, passen genau in die Handtasche. Wer merkt das schon?«

Ich beobachtete, wie die Kassiererin die einzelnen Artikel eintippte. Die grauhaarige Frau faßte an den Verschluß ihrer Tasche. Sie zögerte.

Manchmal überlegen sie es sich im letzten Moment noch anders. Dann sagen sie so was wie: »Ach du liebe Güte. Sehen Sie nur, was ich da in meine Handtasche gesteckt habe. In letzter Zeit werde ich aber auch immer vergeßlicher.« Und dann bezahlen sie, was sie eigentlich stehlen wollten.

Aber sie öffnete ihre Tasche nur weit genug, um das Portemonnaie herausziehen zu können. Sie gab der Kassiererin ein paar Scheine und wartete auf ihr Wechselgeld.

»Sie bezahlt die Butter nicht«, sagte ich.

Weaver zog an seiner Zigarre und sagte nichts.

Dreißig Sekunden später kam sie mit ihrer großen Einkaufstüte aus dem Laden.

Weaver trat ihr in den Weg. »Ich bin der Geschäftsführer dieses Supermarkts, und das hier ist mein Assistent. Kommen Sie bitte mit nach drinnen. Wir müssen etwas mit Ihnen besprechen.«

Sie machte große Augen. »Besprechen? Mit mir? Worum geht es denn?«

»Um das Viertelpfund Butter, das Sie eben gestohlen haben. Es ist in Ihrer Handtasche.«

Sie wurde rot. Sie sah uns an, dann machte sie langsam die Tasche auf und starrte hinein, als hätte sie das Innere noch nie gesehen. »Ich wollte sie bezahlen, aber dann habe ich es einfach vergessen. Ich gebe Ihnen gleich das Geld.«

Weaver schüttelte den Kopf. »Zu spät.«

Ihre Hände flatterten. »Aber ich hab's doch nur *vergessen.* Ich habe die Butter nicht wirklich *gestohlen.*«

»Ich habe Sie beobachtet«, sagte ich. »Schauen Sie sich beim Butterkauf immer so vorsichtig nach allen Seiten um, ob auch niemand Ihnen zusieht, und lassen sie dann schnell in Ihrer Tasche verschwinden?«

»Kommen Sie«, sagte Weaver. »Gehen wir rein.«

Wir gingen in den hinteren Teil des Ladens. An der Rückwand hängt ein großes Werbeplakat für eine bekannte Kaffeemarke. Das Loch für den Spion ist ziemlich weit oben, und man muß im Lager auf die Zuckersäcke steigen, um heranzukommen.

Im Lager schob Weaver ihr einen Holzstuhl hin. »Setzen Sie sich.«

Er ging an einen kleinen Schreibtisch und schloß eine der Schubladen auf. Dann kam er mit zwei vervielfältigten Formularen zurück, die zusammengeheftet waren, und klickte seinen Kuli in Schreibposition. »Wie heißen Sie?«

Sie zögerte und hauchte dann: »Mrs. James Gillan.«

»Adresse?«

»In den ... Martin Apartments.«

»Kinder?«

»Ich ... ich verstehe nicht, warum ich Ihnen das sagen soll.«

»Es steht hier auf dem Formular. Mehr weiß ich auch nicht.« Weaver stellte weitere Fragen und klappte dann die erste Seite unter die zweite. Er sah sich das Gedruckte an und gab ihr das Blatt. »Unterschreiben Sie. Hier unten.«

Ihr Blick war ängstlich. »Was ist das?«

»Ein Geständnis.«

»Aber ich *kann* so etwas nicht unterschreiben!«

Weaver zuckte die Achseln. »Wenn Sie alles zugeben, wird

es wahrscheinlich leichter für Sie.« Dann funkelte er sie zornig an. »Ist Ihnen eigentlich klar, welche Verluste der Firma durch solche Diebstähle entstehen?«

»Aber ... aber es war nur ein Viertelpfund Butter.«

»*Dieses* Mal.«

»Ich habe noch nie, nie etwas gestohlen.«

»Das sagen alle.«

Tränen stiegen ihr in die Augen. »Ich schwöre es ... ich habe noch nie ...«

Weaver deutete auf das Formular. »Unterschreiben Sie.«

Plötzlich war sie voller Entschlossenheit. *»Nein.«*

Weaver wandte sich an mich. »Harry, ruf die Polizei.«

Sie stand rasch auf. »*Bitte*. Warten Sie. Angenommen, ich unterschreibe. Was passiert dann mit mir?«

Weaver kaute auf seiner Zigarre herum. »Sind Sie vorbestraft?«

»Ich habe doch gesagt, daß ich noch nie ... noch nie ...«

»Schon gut, schon gut«, unterbrach Weaver sie ungeduldig. Er rieb sich den Nacken. »Wenn das wirklich Ihre erste Straftat ist, bekommen Sie wahrscheinlich Bewährung.«

»Ich würde ... vor Gericht kommen?«

»Sicher.«

»Käme das nicht auch in die Zeitungen?«

»Keine Ahnung. Wenn Sie bedeutend genug sind, vielleicht.«

Ihr Gesicht war blaß. »Aber dieses Aufsehen kann ich einfach nicht *brauchen*. Meine Kinder ... meine Enkel ... unsere Freunde, alle würden es erfahren.«

Weaver seufzte. »Tut mir leid. Warum haben Sie sich das nicht überlegt, bevor Sie die Butter klauten?«

»Kann ich sie denn nicht einfach bezahlen, und Sie vergessen die Geschichte?«

Er schien darüber nachzudenken. »So einfach ist das nicht. Vielleicht wäre ich ja bereit, die Sache zu vergessen, aber...« Er sah nachdenklich zu mir herüber. Sie wandte sich an mich. »Könnten Sie es nicht einfach auch vergessen?«

Nach ein paar Sekunden lächelte ich langsam. »Natürlich, Mrs. Gillan. Ich wäre bereit, es zu vergessen.«

Weaver schnaubte verächtlich. »Darauf würde ich keinen falschen Penny wetten.« Er nahm die Zigarre aus dem Mund. »Er würde zum Revisor rennen und dafür sorgen, daß ich Ärger kriege.«

Ich packte mein Lächeln weg. »So was würde ich nie tun, Bill. So wild bin ich nun auch wieder nicht auf deinen Posten.« Ich sah Mrs. Gillan ein paar Sekunden in die Augen, dann guckte ich schnell wieder weg.

Sie musterte mich von oben bis unten und sagte dann langsam: »Angenommen, ich würde *Ihnen* hundert Dollar geben?«

Weaver riß die Augen auf. »Also, Moment mal, Mrs. Gillan...«

Sie drehte sich zu ihm um. »Verstehen Sie denn nicht? Wenn er das Geld nimmt, kann er unmöglich zum Revisor laufen. Damit würde er sich ja selbst in Schwierigkeiten bringen.«

Ich räusperte mich. »Ich habe Krankenhausrechnungen zu bezahlen und...«

Weaver lachte kurz auf. »Die Krankenhausrechnungen möchte ich sehen, die du zu bezahlen hast!«

Ich sah keinen von beiden an. »Für etwa zweihundert Dollar, Mrs. Gillan, könnte ich sicher alles vergessen, was ich gesehen habe.«

Weaver wollte auf mich losgehen, aber sie legte ihm die Hand auf den Arm. »Bitte! *Bitte*, lassen Sie ihn.«

Weaver blickte auf sie hinunter. Er schloß kurz die Augen, dann machte er auf dem Absatz kehrt und ging hinaus.

Ich zerriß die vervielfältigten Blätter.

Um halb zwei Uhr nachmittags verließ ich meinen Platz am Spion und ging zu Weaver. »Die in dem weiten roten Mantel.«

Er linste den Gang hinunter. »Was hat sie genommen?«

»Ein Pfund Butter«, sagte ich. »Ein Dutzend Eier. Käse. Sie ist jetzt beim Dosengemüse und sackt ein, was sie in die Finger kriegt. Wahrscheinlich hat sie in diesen Mantel eine Tasche eingenäht.«

Weaver zog eine Grimasse. »Mist, die macht das professionell. Aus der holen wir keinen Cent raus. Die Sorte geht eher ins Gefängnis.« Er biß auf seine Zigarre. »Lauf runter an die Ecke und hol den Polizisten.«

Der mordende Philosoph

Er stand wartend in der Tür zu seiner Hütte und schien unser Kommen sogar zu begrüßen.

Er musterte uns beide von oben bis unten, Harry und mich, und er lächelte. »Ordentliche dunkle Anzüge, dezente Krawatten, schwarze Schuhe. Das habe ich nicht anders erwartet.«

»Ist Ihr Name vielleicht James C. Wheeler?« fragte ich.

Er nickte, noch immer lächelnd.

Harry hielt die Brieftasche hoch. »Haben Sie die verloren?«

»Nein«, sagte Wheeler. »Ich habe die Brieftasche nicht verloren. Ich habe sie bewußt neben der Leiche liegenlassen.«

Harry und ich sahen uns an.

»Aber kommen Sie doch herein«, forderte Wheeler uns auf.

Wir folgten ihm in die Hütte. Sie war sauber und nur mit dem Nötigsten ausgestattet.

Wheeler nahm den Kaffeekocher und hob den Deckel hoch. »Wann haben Sie die Leiche gefunden?«

»Gegen Mittag«, sagte ich.

Er löffelte frischen Kaffee ins Sieb. »Übrigens, aus reiner Neugier, wie hieß sie eigentlich?«

»Carol Wisniewski«, sagte Harry.

Wheeler zuckte die Achseln. »Selbst der Name sagt mir gar nichts.«

Ich nahm das Gewehr, das auf dem Bett lag, und zog den Verschluß zurück. Eine abgeschossene Patrone sprang heraus und fiel auf den Boden. »Sie wollten demnach geschnappt werden?«

»Natürlich«, sagte Wheeler. Er stellte den Kaffeekocher auf den kleinen Herd und drehte das Flaschengas an. »Ich bin jetzt vierzig Jahre alt und habe fast mein ganzes Erwachsenenleben aus freien Stücken in dieser Hütte verbracht.« Er blies das Streichholz aus. »Glauben Sie, daß es ein langweiliges Leben war?«

Harry hob die Schultern. »Das kann ich nicht wissen. Vielleicht gehen Sie ja auf die Jagd oder zum Fischen.«

Wheeler schüttelte den Kopf. »Nein, ich jage und fische nicht. Ich widme mich dem größten aller Abenteuer. Ich denke.«

Er griff nach seiner Pfeife und dem Tabaksbeutel. »Ich war gerade einundzwanzig geworden, als mein Vater starb. Er hinterließ mir eine kleine Erbschaft. Ein anderer hätte das Geld vielleicht im Lauf eines Jahres durchgebracht, aber ich zog es vor hierherzukommen. Es war schon immer meine angeborene Neigung, der Welt aus dem Weg zu gehen. Indem ich sehr schlicht lebte, habe ich es geschafft, fast zwanzig Jahre mit dem Geld auszukommen. Aber jetzt ist nichts mehr davon übrig – kein Cent.«

»Was hat das mit der Ermordung des Mädchens zu tun?« fragte ich.

»Geduld«, sagte Wheeler. »Ich sah mich also vor die Notwendigkeit gestellt, arbeiten zu gehen.« Er lächelte breit. »Nein, es ist nicht die Arbeit an sich, die mich abschreckt. Es ist der Zeitaufwand, den so ein Unterfangen erfordert, Zeit, die mir und meinem Denken somit gestohlen wird. Und man hat doch nur ein Leben, nicht wahr?«

»O ja«, sagte Harry. »Sie war vierzehn Jahre alt.«

Wheeler zuckte die Achseln. »Schließlich ist mir also die Lösung für mein Problem eingefallen, die einzige Lösung. Ich müßte ins Gefängnis gehen. Dort bekäme ich Essen und Kleidung, vor allem aber hätte ich dort beliebig viel Zeit zum Nachdenken.«

Harry hatte sich das Gewehr angesehen. »Sie meinen, daß man Sie im Gefängnis nicht zum Arbeiten zwingt?«

Wheeler lächelte. »Ich habe mir die Zeit genommen, mich gründlich mit eurem aufgeklärten Strafvollzugssystem zu befassen. Ich werde einfach die Arbeit verweigern. Ich weiß, daß man weder mit Gewalt noch mit Einschüchterung gegen mich vorgehen wird. Ich komme nur in Einzelhaft.«

»Und Sie stellen sich vor, daß ein Philosoph sein Denken auch bei Wasser und Brot besorgen kann?« fragte ich.

Wheeler zündete sich die Pfeife an. »Wie gesagt, ich habe mir die Mühe gemacht, mich zu erkundigen. Einzelhaft heißt in diesem Staat eben nur Einzelhaft und sonst gar nichts. Das Essen ist genau das gleiche, das auch die anderen Gefangenen bekommen, und man darf sogar Lesestoff in der Zelle haben.« Er lächelte zufrieden. »Ich glaube, ich werde über alle Maßen glücklich sein.«

Harry legte das Gewehr fort. »Sie wollten also ins Gefängnis, und um da hineinzukommen, haben Sie jemanden erschossen? Einfach so?«

Er runzelte die Stirn. »Nein. Nicht einfach so. Ich habe geplant und recherchiert, bevor ich zur Tat schritt, und heute morgen bin ich den Weg zum See hinuntergegangen und habe gewartet. Ich habe den ersten Menschen erschossen, der des Weges kam. Und das war zufällig diese Carol Wisniewski. Es hätte aber auch irgend jemand anderes sein können.«

Schweigen trat ein, und er musterte uns erneut. »Glauben Sie, daß ich geisteskrank bin?«

»Ich weiß nicht«, sagte ich.

Seine Augen funkelten. »Nein, ich bin nicht geisteskrank. Im Gegenteil, ich habe die höchste Stufe geistiger Gesundheit erreicht, auf der man erkennt, daß es außer den eigenen Wünschen, den eigenen Bedürfnissen, dem eigenen Leben nichts wirklich Wichtiges gibt.«

»Dann hat das Leben von Carol Wisniewski Ihnen also absolut nichts bedeutet?« fragte ich.

»Nichts«, antwortete Wheeler. »Überhaupt nichts.« Er lachte dreckig. »Ich sehe schon, daß Sie mit mir nichts anfangen können. Vielleicht denken Sie, wenn man mir sonst schon nichts anhaben kann, ließe es sich ja wenigstens einrichten, daß ich ein paarmal ›stürze‹, bevor ich auf dem Polizeirevier ankomme?«

Harry und ich sagten nichts.

Wheeler zog ein zusammengefaltetes Blatt Papier aus einem Buch auf dem Tisch. »Dies hier ist die Kopie einer eidesstattlichen Erklärung meines Arztes. Darin bescheinigt er mir, daß ich bei bester Gesundheit bin und vor allem keinerlei Prellungen, Quetschungen oder Knochenbrüche aufweise. Möchten Sie es selbst lesen?«

Weder Harry noch ich rührten das Blatt an.

Sein Blick wanderte über die Einrichtungsgegenstände in der Hütte. »Es gibt hier wirklich nichts Materielles, was mir fehlen wird. Ich freue mich sogar auf die neue Muße, die man für das reine Denken benötigt. Man könnte sagen, daß ich damit befaßt bin, das menschliche Sein auf die Länge eines Buches zu kondensieren, vielleicht auch nur eines Essays, eines Satzes.«

»Oder eines Schreis?« fragte ich.

Er wirkte etwas irritiert. »Wir wollen nicht auf den Kaffee warten. Sie können mich gleich auf Ihr Polizeirevier bringen.«

Mein Vetter Harry Wisniewski zog das Messer aus seiner Tasche.

Und ich lächelte. »Wer hat denn bloß gesagt, wir wären von der Polizei?«

Vertrauen ehrt

Mike Neeland wollte die zweihunderttausend Dollar nicht zahlen, also bekam er Sam Gordon zurück – Stück für Stück.

Der kleine Finger lag in einer wattegepolsterten Schachtel auf seinem Schreibtisch. »Der hier ist gestern gekommen«, sagte Neeland. »Mit der heutigen Post kann ich den nächsten erwarten.« Er sah auf die Uhr. »Und das wäre um halb zwei.«

Ich besah mir den Finger ein paar Sekunden lang und setzte mich dann. Die Rolle des Detektivs war neu für mich – noch gegensätzlicher können zwei Jobs nicht sein. Normalerweise muß ich für Neeland Leute aus dem Weg schaffen, nicht suchen. »Warum zahlen Sie nicht?« fragte ich.

Mike paffte seine Panatela. »Was ist Gordon denn schon für mich? Nichts weiter als ein Tagedieb im Smoking. Ich zahle ihm hundertfünfzig die Woche, damit er im ›Blue Moraine‹ für Ordnung sorgt. Ich kenne nicht einmal seine Augenfarbe.«

»Braun«, sagte seine Frau, Eve Neeland. Sie lächelte träge. »Ich sehe bei jedem zuerst die Augen.«

Aus dem Poststempel ging hervor, daß das Päckchen gestern abend um halb elf in North Lancaster aufgegeben worden war, gleich hinter der Staatsgrenze. »Wie kommt jemand auf die Idee, daß Sie zweihunderttausend springen lassen würden, um Gordon auszulösen?«

Neeland zuckte die Achseln. »Vielleicht hat Gordon ein

bißchen angegeben, und jemand glaubt nun, er steht mir so nah wie ein Bruder oder ist meine rechte Hand.«

Ich las den in Druckbuchstaben geschriebenen Zettel. WIR HABEN NOCH MEHR VON GORDON UND VERPRECHEN REGELMÄSSIGE LIEFERUNGEN. WENN SIE BEREIT SIND, DIE ZWEIHUNDERTTAUSEND ZU ZAHLEN, SETZEN SIE EINE ANZEIGE IN DIE RUBRIK GEFUNDEN UND VERLOREN IM JOURNAL: SCHWARZ-WEISSER TERRIER ENTLAUFEN. HÖRT AUF DEN NAMEN WILLIE. WIR SETZEN UNS DANN MIT IHNEN IN VERBINDUNG.

Meine nächste Frage war nicht ganz ernst gemeint. »Warum nicht einfach zur Polizei gehen?«

Neeland lachte. »Wenn die Sache so einfach wäre, Danny, zum Beispiel ein schlichter Mord, dann würde ich mir vielleicht den Spaß machen, die hiesigen Greifer darauf anzusetzen. Ich zahle schließlich Steuern wie jeder andere, außerdem verdienen einige der Revierleiter bei mir mehr als bei der Stadt. Aber Entführungen sind Bundessache. Ich könnte das nicht auf Lokalebene halten. Und wenn die Jungs vom FBI erst mal den Fuß in der Tür haben, schnuppern sie gewöhnlich in allen vier Himmelsrichtungen herum. Ich habe zwanzig Jahre gebraucht, diese Organisation aufzubauen, und werde sie nicht wegen so einer Flasche wie Gordon in die Binsen gehen lassen. Ich lege keinen Wert darauf, vom FBI zu einem Fernsehquiz vor dem Kongreß geladen zu werden.«

Und das war natürlich die Antwort. Deswegen erwarteten gewisse Leute, daß Neeland den Betrag springen ließ. Damit der Ärger in der Familie blieb.

Eve strich sich eine honigblonde Haarsträhne aus dem Gesicht. »Also, warum zahlst du dann nicht? Ich glaube nicht, daß zweihunderttausend dich arm machen oder daß du sie überhaupt vermißt.«

»Es ist trotzdem eine Menge Geld, und ich will so was nicht zur Gewohnheit werden lassen. Andere ehrgeizige Leute könnten es für eine neue Sportart halten, mir Geld abzuknöpfen, wenn ich das jetzt durchgehen lasse.« Neeland blickte finster. »Ich will nur auf die eine oder andere Weise erfahren, wer da die Unverschämtheit besitzt, so etwas bei mir zu versuchen. Und wenn Sie das herausgefunden haben, Danny, können Sie mit ihnen machen, was Sie wollen. Alles, was Sie wollen.«

Eve stupste eine Zigarette auf die glänzende Schreibtischplatte. »Warum nicht zuerst Gordon auslösen und sich dann darum kümmern, wer ihn entführt hat?«

Ich lächelte. »Gordon hat noch neun Finger und zehn Zehen. Außerdem kann man noch andere Teile mit der Post verschicken. Wir haben also Zeit. Wenn Mike jetzt zahlt, können Gordons Kidnapper sich die ganze Welt als Versteck aussuchen. Wenn er aber alles so weiterlaufen läßt, müssen sie hier in der Nähe bleiben.«

Eve richtete ihre grauen Augen auf mich. »Sie sind wirklich kaltblütig«, meinte sie. Aber es klang wie ein Kompliment.

Neeland lachte. »Danny hatte noch nie eine schlaflose Nacht, wenn er für mich einen Auftrag erledigt hat.«

»Sie haben hier eine ganze Organisation zur Verfügung«, sagte ich. »Wenn Sie nicht auf mich zurückgreifen, setzen Sie doch sicherlich Ihre eigenen Leute ein?«

»Klar. Aber das sind Flaschen. Allesamt. Und daran bin ich selbst schuld, denn ich suche sie mir so aus. Ich mag keine allzu schlauen Leute in der Organisation.« Er sah mich an. »Für die heikleren Aufgaben greife ich deshalb auf Sie zurück, Danny, weil Sie den Grips haben, Fehler zu vermeiden, die mich in Verlegenheit bringen. Aber dauernd um mich haben möchte ich Sie nicht. Das würde mich nervös machen.«

»Wie lange ist Gordon schon weg?«

»Eine Woche. Ich sollte die zweihunderttausend letzten Donnerstag nachts um elf in einer Aktentasche an der Kreuzung J und 41ste deponieren, zehn Meilen außerhalb der Stadt. Ich hab's auf die schlaue Tour versucht. Hab eine Tasche voller Papierschnipsel deponiert, und drei von meinen Jungs haben sich in der Nähe auf die Lauer gelegt. Die haben dann so einen kleinen Mistkerl aufgegriffen, als der seine alte Mühle anhielt und nach dem Päckchen griff. Wir haben ihn irgendwohin gebracht, wo man sein Geschrei nicht hören konnte, und ihn ausgequetscht. Baini hieß er, aber er war ein Niemand. Von Gordon hatte er noch nie gehört. Darauf könnte ich schwören, denn er war bereit, uns alles zu sagen – sogar den Mädchennamen seiner Großmutter, falls wir ihn hätten wissen wollen. Er wußte nur, daß er einen Anruf bekommen hatte, bei dem ihm für den Botengang fünfzig Dollar in Aussicht gestellt wurden. Er sollte die Tasche mit in sein Zimmer nehmen und warten, bis jemand sie bei ihm abholen würde. Er konnte nicht einmal den Kerl beschreiben, den er da zu erwarten hatte.«

»Sie haben doch sicher jemanden in Bainis Zimmer geschickt, um zu warten?«

Neeland nickte. »Aber das war Fehlanzeige. Um diese Kreuzung herum gibt es ein paar Hügel, und es war eine helle Mondnacht. Die müssen uns beobachtet und gesehen haben, wie wir uns Baini geschnappt haben. Am nächsten Tag bekam ich einen Brief. Darin stand, wenn ich so was noch einmal probiere, schneiden sie Gordon die Kehle durch.«

»Und?«

Neeland grinste. »Und da habe ich die Hände in den Schoß gelegt und gehofft, sie würden das wirklich tun und dann so schnell wie möglich abhauen. Aber wie ich sehe, sind sie immer noch im Geschäft.«

»Wer weiß alles von Gordons Verschwinden?«

»Nur wir drei hier in diesem Zimmer und die drei Jungs, die sich Baini vorgeknöpft haben. Die sind nicht besonders schlau, aber sie können den Mund halten. Ich möchte nicht, daß die Sache publik wird.«

»Wissen die Jungs, daß Gordon Ihnen jetzt in Einzelteilen zugeschickt wird?«

»Nein. Das nicht. Sie könnten unruhig werden und denken, daß es nicht gut ist, für mich zu arbeiten, wenn ich so was mit einem meiner Leute machen lasse.« Neeland zündete sich eine neue Zigarre an. »Gordon hat im ›Blue Moraine‹ gearbeitet. Das ist eines meiner Lokale an der Grenze. Er hat eine Frau, Dorothy. Aber sie weiß nicht, daß etwas passiert ist. Gordons Entführer haben es nicht für nötig befunden, sie zu informieren – wahrscheinlich weil sie nicht annehmen, daß sie die zweihunderttausend aufbringen könnte. Ich habe ihr gesagt, ich hätte Gordon mit einem Auftrag nach San Francisco geschickt, und er würde ein Weilchen wegbleiben.«

»Und das hat sie geglaubt? Daß er wegfährt, ohne sich zu verabschieden oder einen Koffer zu packen?«

»Ich habe ihr gesagt, daß er keine Zeit mehr dazu hatte. Es sei ein brandeiliger Auftrag.«

»Wie sieht Gordon aus?«

»Etwa einsachtzig. Jede Menge weiße Zähne. Mehr fällt mir nicht ein. Er war für mich praktisch ein Fremder.«

Es klopfte, und ein älterer Hausdiener in Hemdsärmeln kam herein. »Ihre Post, Mr. Neeland.«

Neeland nahm die Briefe und das kleine Päckchen entgegen und bedeutete dem Mann mit einem Kopfnicken, daß er gehen könne.

Eve Neeland stand auf. »Ich weiß schon, wie ein Finger aussieht«, sagte sie, während sie ihren Mantel nahm und ging.

Neeland schnitt mit einem Taschenmesser die Schnur um das Päckchen durch. Er wickelte es aus und hob den Deckel ab. »Wie erwartet.«

Aus der Form des Fingers schloß ich, daß er von der rechten Hand stammte. Der Poststempel auf dem Papier besagte, daß die Sendung gestern abend in Griffin, einer etwa fünfundzwanzig Meilen westlich am Fluß gelegenen Stadt, aufgegeben worden war. Diesmal lag kein Zettel dabei. Sie nahmen wohl an, daß Neeland kapiert hatte, worum es ging.

Ich setzte meinen Hut auf. »Ich könnte mal zum ›Blue Moraine‹ rüberfahren. Da kann ich genausogut anfangen wie anderswo.«

Neeland nickte. »Ich sage dort Bescheid, damit die Ihnen keine Schwierigkeiten machen.«

Ich verließ ihn und ging durch den großen Saal des ›Parakeet‹. Das war der Klub, den Neeland als sein Hauptquartier bezeichnete, aber er besaß mindestens noch ein halbes Dutzend allein in diesem Bundesstaat. Das Lokal war schon fürs Abendgeschäft hergerichtet, nur an einem der Roulettetische war ein Techniker noch dabei, ein zerlegtes Rouletterad auf Unebenheiten zu untersuchen.

Das ›Blue Moraine‹ lag in der Hügellandschaft zwanzig Meilen außerhalb der Stadt. Es war wie ein Rasthaus gebaut, aber das täuschte niemanden – falls jemand getäuscht werden mußte.

Die Bar war groß und kühl und leer, bis auf den Barmann und einen schmächtigen blonden Typen auf einem Hocker.

Der Schmächtige sprach mich an: »Regan?«

Ich nickte.

»Neeland hat angerufen und mir gesagt, daß Sie kommen. Ich bin Van Camp. Ich führe den Laden hier für Mike.«

Er bestellte zwei Bourbon. »Womit kann ich Ihnen dienen?«

»Ich möchte etwas über Sam Gordon erfahren. Alles, was Sie mir sagen können.«

Er zog eine Augenbraue hoch. »Hat er Ärger?«

»Kann sein.«

Als ich nichts weiter sagte, zuckte er die Achseln. »Da gibt's nicht viel zu erzählen. Er läßt sich seit einer Woche nicht mehr hier blicken. Ist nur einer von vielen hier. Sieht gut aus im Smoking. Wie irgendein Gast. Ziemlicher Brocken. Etwa Ihre Statur. Trinkt nicht. Aber außerhalb der Arbeitszeit habe ich nicht viel von ihm gesehen. Das ist so ziemlich alles, was ich weiß. Ich gebe mich nicht mit dem Personal ab.«

Der Barmann brachte die Getränke und ging wieder.

»Worum geht es überhaupt?« wollte Van Camp wissen.

»Hat Neeland Ihnen das nicht gesagt?«

»Nein.«

Ich trank einen Schluck. »Dann möchten Sie es sicher auch nicht wissen.«

Er zuckte wieder die Achseln. »Meinetwegen. Ich möchte es nicht wissen.«

»Wann haben Sie Gordon zuletzt gesehen?«

»Vor einer Woche.«

»Was meinen Sie, wo er steckt?«

»Keine Ahnung. Vielleicht ist er auf einer Sauftour.«

»Sie sagten, er trinkt nicht.«

Er war etwas irritiert. »Nicht während der Arbeit, heißt das. Was er in seiner Freizeit macht, kann ich nicht ahnen.«

»Wer könnte es denn wissen?«

»Seine Frau, denke ich. Fragen Sie doch mal Dorothy.«

»Wie viele Leute haben Sie hier sonst noch? Ich meine, mit einem ähnlichen Job wie Gordon.«

»Drei. Joe, Fred und Pete.«

»Wie heißt Joes Frau?«

»Woher soll ich das wissen?«

»Und Petes Frau?«

Er merkte, worauf ich hinauswollte.

»Gordon hat Dorothy mal mitgebracht und mir vorgestellt.«

»Sie haben ein gutes Gedächtnis. Oder hat sie solchen Eindruck auf Sie gemacht?«

Er glotzte mich wütend an. »Fragen Sie mich nach Gordon. Warum bleiben Sie nicht beim Thema?«

Ich sah mich in der großen Bar um. »Das eigentliche Geschäft machen Sie oben, nicht wahr? Stehen da die Tische?«

Er nickte.

»Nett hier.«

Er kniff die Lippen zusammen. »Das will ich auch meinen. Es ist genau so gebaut, wie ich es bezahlt habe.«

Ich lächelte. »Aber inzwischen sind Sie hier nur noch der Manager? Neeland hat sich eingekauft?«

Er nahm sein Glas. »So könnte man es ausdrücken.«

»Stößt Ihnen das nicht manchmal etwas bitter auf?«

Der Barmann kam herüber. »Mr. Neeland ist am Telefon. Er möchte Sie sprechen, Mr. Regan.«

Ich ging zum Wandtelefon hinter dem einen Ende des Tresens und nahm den herunterhängenden Hörer. »Regan.«

Neelands Stimme klang besorgt. »Sie haben Gordons Frau einen Brief geschickt.«

»Hat sie bei Ihnen angerufen?«

»Ja. Sie sagt, sie geht zur Polizei, wenn ich Gordon nicht auf der Stelle wieder herbeischaffe.«

»Sie werden sie doch noch ein paar Tage hinhalten können?«

»Ein paar Stunden, mehr konnte ich ihr nicht abhandeln. Sie weiß jetzt, daß Gordon stückweise zurückkommt, und das gefällt ihr ganz und gar nicht.«

»Soll ich gleich mal mit ihr reden?«

»Ich denke, ja. Mir fällt nichts Besseres ein. Ich habe ihr schon gesagt, daß Sie bei ihr vorbeikommen.«

Ich klopfte mir mit der einen Hand eine Zigarette aus der Packung. »Und wenn ich nichts ausrichten kann?«

Er zögerte. »Dann muß ich wohl die zweihunderttausend berappen. Ich habe keine andere Wahl.« Er gab mir Dorothy Gordons Adresse und legte auf.

Sie wohnte in einem dieser älteren Apartmenthäuser aus rotem Backstein auf der East Side. Als sie die Tür aufmachte, sah ich, daß sie große dunkle Augen in einem kleinen Gesicht hatte und fast hübsch war.

Offenbar gehörte sie zu den Frauen, die sich in Streßsituationen an einem Taschentuch festhalten müssen. »Mr. Regan?«

»Ja. Ich bin hier, um Ihnen zu helfen.«

Sie schüttelte den Kopf. »Helfen kann mir niemand außer Mr. Neeland. Er muß ganz einfach zahlen.«

»Warum?«

Sie riß die Augen auf. »Warum? Weil – weil die sonst weitermachen und –«

»Ich meine, warum soll ausgerechnet Neeland zahlen?«

»Aber er hat doch das Geld, oder?«

»Das sagt sich irgendwer anders auch. Aber warum sollte Gordon ihm zweihundert Riesen wert sein?«

Sie schien entsetzt darüber, daß ich so etwas auch nur denken konnte. »Sam hat für ihn gearbeitet.«

»Sie haben wahrscheinlich keine fünfzig Wörter im Jahr miteinander gewechselt.«

»Aber – aber ich würde bezahlen, wenn ich das Geld hätte.«

»Er ist ja auch Ihr Mann, aber für Neeland ist er ein Niemand.« Auf einem Beistelltischchen stand ein gerahmtes Foto. Sam Gordon hatte welliges Haar, und sein angedeutetes Lächeln sollte wohl umwerfend sein. Er war so ein Typ, wie man sie als Wagenlenker in Breitwandfilmen einsetzt. Man wußte einfach, daß er eine schöne Muskulatur hatte.

Dorothy Gordon zupfte wieder an ihrem Taschentuch. »Wenn Mr. Neeland nicht zahlt, gehe ich auf direktem Wege zur Polizei.«

»Wenn die Kidnapper das erfahren, bringen sie Ihren Mann garantiert um.«

Ihre Hände machten eine hilflose Gebärde. »Aber ich kann nichts anderes tun. Ich kann doch nicht zulassen, daß sie – das weiter mit Sam machen.«

»Wie lange sind Sie verheiratet?«

Sie betupfte ihre Augen. »Drei Jahre.«

»Und seit wann geht er einer Arbeit nach?«

»Erst seit diesem Jahr. Seit –« Sie hielt inne.

Ich beendete den Satz für sie. »Seit Ihr Geld verbraucht ist?«

Sie wurde rot. »Das geht Sie nichts an.«

Ich fragte mich, wieviel sie wohl in die Ehe mitgebracht

hatte. Ein Mann, der sich für so unwiderstehlich hält, wie es Gordons Lächeln zu entnehmen war, heiratet gewöhnlich nicht umsonst.

»Ich rufe die Polizei an«, sagte sie entschieden.

»Geben Sie mir ein paar Stunden Zeit.«

»Warum? Sie können meinen Mann nicht zurückbringen.«

»Ich kann es versuchen. Nur ein paar Stunden. Bis fünf.«

Sie schien unsicher, als ob sie auf jemanden wartete, der die Entscheidung für sie traf.

»Hören Sie«, sagte ich. »Wenn ich bis fünf nichts erreicht habe, können Sie die Polizei anrufen. Und jetzt zeigen Sie mir mal den Brief, den man Ihnen geschickt hat.«

Sie ging zu einem französischen Sekretär an der Wand und kam mit einem Blatt Papier zurück.

Der Text war auch hier in schwarzen Blockbuchstaben geschrieben. MRS. GORDON. WIR HABEN IHREN MANN UND WOLLEN ZWEIHUNDERTTAUSEND DOLLAR FÜR IHN. DER MANN, DER IHNEN DAS GELD GEBEN KANN, IST MIKE NEELAND, ABER ER IST STÖRRISCH. IHR MANN HAT SCHON ZWEI FINGER VERLOREN UND KANN NOCH MEHR VERLIEREN. FRAGEN SIE NEELAND, WENN SIE ES GENAUER WISSEN WOLLEN.

Ich gab ihr den Zettel zurück. »Erzählen Sie mir etwas von Ihrem Mann. Was treibt er so?«

»Also, normalerweise arbeitet er von abends neun bis vier oder fünf Uhr morgens im ›Blue Moraine‹, je nachdem, wieviel an den Tischen noch gespielt wird.«

»Und dann?«

»Dann kommt er meist nach Hause und schläft bis mittags.«

»Meist?«

»Immer. Dann frühstückt er. Und dann…« Sie dachte nach. »Dann geht er ins Kino oder zum Strand.«

»Allein?«

»Mit mir.«

»Und dann?«

»Dann kommen wir nach Hause und – lesen, bis es Zeit für ihn ist, zur Arbeit zu gehen.«

»Kann ich ein Foto von Ihrem Mann haben?«

Sie ging wieder an den Sekretär und kam mit einem Schwarzweißfoto zurück. »Aber wohlgemerkt«, warnte sie mich, »wenn ich bis fünf nichts von Ihnen höre, rufe ich die Polizei an.«

Ich fuhr zum ›Parakeet‹ zurück.

Eve Neeland saß in einer Nische in der Bar. »Aha«, sagte sie, »der Mann, der sich bewegt wie ein Detektiv.«

Ich holte mir einen Drink und nahm ihn mit an ihren Tisch.

Sie schaute über den Rand ihres Glases. »Na, wie kommen Sie voran?«

»Ich tue was. Das ist ungefähr alles.« Ich holte das Foto von Gordon heraus.

Sie warf einen Blick darauf. »Er findet sich gut, nicht?« Sie sah mir in die Augen und lächelte kurz. »Sie sind nicht hübsch. Das freut Sie wahrscheinlich zu hören. Ich habe Sie beobachtet.«

»Beobachten Sie nicht jeden?«

»Sie meinen, ob ich Gordon beobachtet habe?«

»Das haben Sie gesagt.«

»Er hat's jedenfalls nie geschafft, Dannyboy. Er war ein Prolet und bildete sich einiges ein. Was mich angeht, und auch sonst. Aber ich lasse mich nicht als Sprungbrett benutzen.«

»Natürlich weiß Mike nichts davon?«

»Das war jetzt aber eine dumme Frage.«

»Sie langweilen sich ziemlich schnell, hab ich recht?«

»Bei manchen Leuten schon. Aber bei Ihnen könnte es anders sein.«

»Finden Sie Mike interessant?«

»Beinah. Aber die Tage sind lang.« Die grauen Augen blickten abwägend. »Mike ist ein Arbeitstier. Seine Erfolge hat er deshalb, weil er aus allem eine geregelte Arbeit macht. Er hat zwanzig Jahre gebraucht, um aufzubauen, was er jetzt hat. Wie lange würden Sie brauchen?«

»Solche Arbeit liegt mir nicht.«

Sie lächelte. »Hat eine Frau es je lange bei Ihnen ausgehalten?«

»Wo ist Mike?«

»In seinem Büro.«

Ich trank aus und stand auf.

Sie beobachtete mich. »Sie kommen wieder. Irgendwann.«

Mike Neeland ging gerade mit einem seiner Buchhalter die Bücher durch. Er scheuchte den Mann hinaus. »Wie läuft es?«

»Ich bin vielleicht auf etwas gestoßen. Dorothy Gordon gibt mir Zeit bis fünf Uhr, um irgend etwas Spektakuläres auf die Beine zu stellen. Wissen Sie, wo dieser Baini wohnt?«

»Klar doch. Aber ich fürchte, das ist eine Sackgasse. Der weiß nichts.« Neeland überlegte. »Er hat ein Zimmer auf der East Side, in Jackson. Ein heruntergekommenes Hotel namens ›Sterling‹.«

Im ›Sterling‹ mußte der Mann hinter dem Tresen gar nicht erst nachschauen. Ohne aufzusehen, sagte er: »Baini wohnt in 407.«

»Ist er da?«

»Höchstwahrscheinlich. Der kann im Moment nicht viel rumlaufen.« Der Mann beäugte mich. »Ein Unfall vermutlich. Ich bin ja nicht neugierig. Hab ihm gesagt, er soll ins Krankenhaus gehen, aber das will er nicht.«

Der altmodische Fahrstuhl brachte mich in den vierten Stock. Ich drehte vorsichtig am Türknauf von 407, aber es war abgeschlossen. Ich klopfte.

Die Stimme klang gedämpft. »Bist du's, Al?«

Wenn mir das die Tür öffnete, sollte es mir recht sein. »Ja.«

Ich wartete eine halbe Minute, bevor ich hörte, wie der Schlüssel gedreht wurde.

Baini riß schreckerfüllt die Augen auf, als er sah, daß ich nicht Al war, und wollte die Tür gleich wieder zuschlagen.

Ich drängte mich hinein, wobei ich ihm einen Stoß vor die Brust gab. Es war kein harter Stoß, aber er schrie auf und fiel hin. Warum, das sah ich erst, als ich die Tür zugemacht hatte. Seine beiden Füße waren mit Bandagen umwickelt, eindeutig Marke Eigenbau. Er lag wimmernd auf dem Boden, bis er schließlich beschloß, zu dem Messingbett zu kriechen. Dort sank er auf den Bettrand, noch ganz mit seinem Schmerz beschäftigt.

Baini war ein schmächtiger Typ Mitte Zwanzig, dessen dunkle, unstete Augen vieles sahen, aber nie etwas lernten. Sein Gesicht war verquollen, die Farbe wechselte zwischen Wachs und Purpur. Mikes Jungs hatten offenbar oben angefangen, bevor sie zu Feinheiten übergingen.

Als er mich endlich ansehen konnte, fragte ich: »Wer ist Al?«

Er fuhr sich mit der Zunge über die Lippen. »Ein Hoteldiener. Er bringt mir das Essen.«

»Hast du ihm von deinem kleinen Unfall haarklein berichtet?«

Er dachte wohl, ich wäre wieder einer von Mike Neelands Jungs. Rasch schüttelte er den Kopf. »Nein, Sir. Kein Wort. Zu niemandem. Wirklich nicht. Ich schwöre es.«

»Und über Sam Gordon weißt du nichts?«

Er reagierte auf den Namen wie einer von Pawlows konditionierten Hunden. Wo es noch möglich war, wich die Farbe aus seinem Gesicht, und seine Stimme zitterte sich die ganze Tonleiter hinauf. »Ich habe noch nie was von ihm gehört, Mister. Ehrlich. Ich schwöre auf die Bibel.«

Ich hatte meine Zweifel, ob er in den letzten zehn Jahren je eine Bibel gesehen hatte, aber er war nicht der Typ, der ein Geheimnis auch dann noch zu bewahren versuchte, wenn es ungemütlich wurde.

Ich zog Gordons Foto aus der Tasche. »Kennst du den?«

Er nickte eifrig. »Klar, das ist Ernie.«

»Ernie wer oder was?«

»Ernie Wallace.« In Bainis Blick flackerte so etwas wie plötzliche Bauernschläue. »Kennen andere ihn als Sam Gordon?«

Ich nahm ihm das Foto wieder weg. »Erzähl mir einfach mal, was du über Ernie weißt. Und verschweig mir nichts. Es ist dir vielleicht schon schlecht ergangen, aber es könnte noch schlimmer kommen. Ich bin viel einfallsreicher als die Leute, mit denen du es letzte Woche zu tun hattest.«

Er redete schnell, um mich gar nicht erst in Versuchung zu führen. »Ich weiß so gut wie nichts über Ernie. Wir haben bloß im ›Swenson‹ zusammen Pool-Billard gespielt. Ich und Ben und Fitz. Ernie kennen wir erst seit ein paar Wochen. Er hat uns nicht mal gesagt, wo er wohnt.«

»Hat er mal erwähnt, was er beruflich macht?«

»Nein. Ich habe ihn auch nicht danach gefragt. So was fragt man hier nicht.«

»Und was macht ihr, du und Ben und Fitz, beruflich?«

Er rutschte unbehaglich herum. »Was sich so ergibt. Mal zwanzig Dollar hier, mal dreißig da.«

»Alles, was nicht in Arbeit ausartet?«

Er nickte.

»Als du dieses Päckchen abgeholt hast, das dir letzte Woche so viele Unannehmlichkeiten eingebracht hat, was hast du darin vermutet?«

»Ich weiß nicht«, antwortete er hastig. »Über so was denke ich nicht nach. Ich befolge nur Anweisungen.«

»Und es hat dich nicht mal gejuckt, einen kurzen Blick hineinzuwerfen?«

»Nein, Sir. So was macht man nicht. Mit den großen Tieren sollte man sich nicht anlegen.« Er wischte sich den Schweiß vom Gesicht. »Wir erledigen nur Botengänge, Ben und Fitz und ich. Oder manchmal vermöbeln wir auch mal irgendwen. Wir kriegen einen Anruf, was wir machen sollen, und stellen keine Fragen. Am nächsten Tag kommen mit der Post zwanzig oder dreißig Dollar. Manchmal auch fünfzig.«

»Wußte Ernie, womit ihr drei euren Lebensunterhalt verdient?«

Baini zuckte die Achseln. »Wahrscheinlich hat er mal irgendwie die Nase drangekriegt. Vielleicht haben wir auch hier und da mal etwas fallenlassen.«

»Wo finde ich Fitz und Ben? Und wie heißen sie mit Nachnamen?«

»Die meiste Zeit hängen sie im ›Swenson‹ herum. Das ist eine Bar hier in der Straße. Ben Grady und Fitz – Fitz, das ist schon sein Nachname. Sie haben ihre Zimmer hier in der Nähe, ich weiß aber nicht genau, wo.«

Baini zuckte zusammen, als ich mir eine Zigarette anzündete. Er hielt sie offenbar für ein Folterinstrument.

Ich lächelte. »Du wirst niemandem erzählen, daß ich hier war?«

»Nein, Mister. Keiner Seele.« Er schüttelte beinah bedauernd den Kopf. »Ich weiß überhaupt nichts von irgendwas.«

Ich fuhr meinen Wagen ein paar hundert Meter weiter die Straße hinunter. Das ›Swenson‹ war eine müde, altmodische Bar, schlecht beleuchtet und schlecht gepflegt. Die Kippen von gestern lagen immer noch plattgetreten auf dem Fußboden. Es war eines jener Lokale, die früher mal Sägemehl auf dem Boden und einen Privateingang hatten. Aber das war vor zwanzig Jahren, und Zeiten und Umgebungen ändern sich.

Ich bestellte einen Whiskey und einen Klaren.

An der einen Wand standen zwei mitgenommene Tische und ein paar Stühle. Am Billardtisch wurde ein Achtball zu viert gespielt.

Der Spiegel über dem Tresen verriet mir, daß ich begutachtet wurde. Mein Anzug sagte den Spielern, daß ich entweder ein verirrter Tourist oder vielleicht auch jemand war, der einem von ihnen Arbeit brachte.

Ich beschloß, hier doch lieber keine Fragen zu stellen und mich auch nicht nach Namen zu erkundigen. Sonst würde man sich an mein Gesicht erinnern, und darauf legte ich keinen Wert.

Ich trank den Whiskey aus und ging.

Auf der anderen Straßenseite trat ich in eine Imbißstube. Der Mann hinter dem Tresen nahm den Zahnstocher aus dem Mund – wahrscheinlich, damit er besser hören konnte.

»Kaffee«, sagte ich und ging an ihm vorbei zum Telefon. Ich wählte die Nummer der Bar.

Es klickte, als abgenommen wurde. »›Swenson.‹«

»Ich möchte Ben Grady sprechen.«

»Der ist nicht hier. Hab ihn seit drei oder vier Tagen nicht gesehen.«

»Dann holen Sie Fitz an den Apparat.«

Dreißig Sekunden lang hörte ich nichts, dann war eine jüngere Stimme dran. »Hier Fitz.«

»Ich habe einen kleinen Auftrag für Sie.«

»Wer ist denn da? Tony?«

»Nein. Aber ich rufe für ihn an. Die Sache ist dreißig Mäuse wert. Keine große Mühe.«

Er zögerte. »Wie geht's denn – äh – Tonys steifem Arm? Ich meine, macht er ihm sehr zu schaffen?«

Der Knabe bemühte sein bißchen Gehirn. Dieser Tony hatte garantiert von oben bis unten bestens geölte Gelenke. »Laß den Quatsch«, schnauzte ich. »Wir wissen beide, daß ein Gummimann nichts gegen Tony ist.«

Fitz' Stimme klang beschwichtigend. »Ich wollte nur sichergehen. Was soll ich tun?«

»Geh in dein Zimmer und warte eine Stunde. Jemand bringt dir ein Päckchen vorbei, oder auch nicht. Er sagt dir dann, was du damit machen sollst.«

»Oder auch nicht?«

»Genau. Hängt davon ab, wie die Sache hier läuft. Aber keine Sorge. Die dreißig kommen morgen mit der Post.«

Vielleicht hätte er gern noch weitere Fragen gestellt, tat es aber nicht. Für ihn war ich eines von den großen Tieren, und denen stellte man keine Fragen.

Ich ging meinen Kaffee trinken und behielt die Bar im Auge, bis ein etwa zwanzigjähriger hellhäutiger Bursche mit plattem Gesicht herauskam. Er zog seinen Hut zurecht und trabte in westlicher Richtung davon.

Ich warf eine Münze auf den Tresen und ging. Ich ließ Fitz

hundert Meter Vorsprung und folgte ihm auf der anderen Straßenseite.

Vier Straßen weiter trat er in den Eingang eines verwahrlosten dreigeschossigen Apartmenthauses. Als ich hinkam, sah ich mir drinnen die Briefkästen an. Fitz wohnte in Nummer 31.

Ich ging in einen Drugstore und kaufte einen Umschlag und eine Briefmarke. Ich steckte dreißig Dollar in den Umschlag und adressierte ihn an Fitz. Er sollte schließlich sein Vertrauen in Telefonanrufe nicht verlieren. Vielleicht würde er bald wieder einen bekommen.

Vom Telefon im hinteren Teil des Ladens rief ich im ›Parakeet‹ an und ließ mich mit Mike Neeland verbinden. »Sie sollten die Anzeige unter der Rubrik ›Gefunden und Verloren‹ lieber aufgeben.«

Neeland fluchte leise. »Sie haben also nichts herausgekriegt?«

»Ich bin noch dran, aber vor fünf wird es nichts damit.«

Neeland überlegte. »Vielleicht können wir uns etwas ausdenken. Wie wär's, wenn wir uns diesmal an den dranhängen, der das Päckchen abholt?«

»Ich würde keine Spielchen probieren, Mike. Das haben die vermutlich auch bedacht. Wenn diesmal etwas schiefgeht, reiten die Sie womöglich genau in den Schlamassel rein, den Sie vermeiden möchten. Nur um wenigstens etwas Spaß an dem ganzen Ding zu haben.«

Er fluchte wieder. »Ich trenne mich höchst ungern von den zweihunderttausend, aber so richtig sauer stößt mir auf, daß irgendwelche Idioten so was ungestraft mit mir machen können.«

»Sie haben im Moment keine andere Wahl, Mike. Dorothy Gordon verständigt in einer Viertelstunde die Polizei.«

Neeland gab auf. »Also gut. Ich rufe sie an und sage ihr, daß ich zahle.«

Für mich gab es jetzt nichts weiter zu tun, als zu warten. Ich zog mir abends einen Film rein und schlief am nächsten Morgen gründlich aus.

Am Nachmittag rief Mike mich im Hotel an.

»Ich habe die zweihunderttausend und warte jetzt. Bisher noch kein Wort.«

»Wahrscheinlich müssen Sie erst liefern, wenn es schön dunkel ist. Wann ist die Anzeige erschienen?«

»In der Vormittagsausgabe, um elf.«

»Vermutlich rufen die heute abend erst in letzter Minute an. So lassen sie Ihnen keine Zeit, sich irgendwelche Tricks auszudenken.«

»Ich denke mir keine Tricks aus«, sagte Neeland düster. »Ich will diese Sache nur hinter mich bringen.«

»Rufen Sie mich an, sobald Sie etwas hören.«

Das Warten dauerte lange, und schließlich rief Neeland mich um zehn Uhr abends an.

»Sie haben sich eben bei mir gemeldet.«

»Telefonisch?«

»Nein. Per Telegramm.« Er lachte leise. »Sieht nett und unverfänglich aus. HOLE MEIN PÄCKCHEN HEUTE ABEND ELF UHR ECKE SIEBENUNDFÜNFZIGSTE UND CC.«

Ich wartete bis Viertel vor elf und fuhr dann zu dem Haus, in dem Fitz wohnte. Im zweiten Stock klopfte ich leise an die Tür von Nummer 31. Fitz war kein Typ, der seine Abende zu Hause verbrachte – den heutigen ganz bestimmt nicht –, aber ich wollte sichergehen.

Als sich nichts rührte, probierte ich meine Schlüssel durch, bis ich einen fand, der paßte.

Ich schloß die Tür hinter mir und knipste das Licht an.

Es war ein kleines Einzimmerapartment mit Küchenecke und Bad. Das Schrankbett war zerwühlt und nahm fast den ganzen Raum ein. Wettformulare deckten das Telefon auf einem Tischchen am Fenster fast zu. In der Küchenecke hatte sich das Geschirr von Tagen und im Bad der Dreck von Wochen angesammelt.

Ich machte das Licht aus, setzte mich auf das ungemachte Bett und zündete mir eine Zigarette an.

Wenn man jemanden braucht, der ein Päckchen mit zweihunderttausend Dollar abholt, tippt man nicht einfach auf irgendeinen Namen im Telefonbuch. Man muß einen von denen finden, die bereit sind, eine solche Arbeit zu machen – und zwar, ohne neugierig zu werden. Man muß einen finden, der gewohnt ist, Dinge zu tun, ohne Fragen zu stellen, einen, der Befehle befolgt.

Man geht also dahin, wo man ihn und seine Freunde am ehesten trifft. Man geht da nicht als Sam Gordon hin. Man geht als Ernie Wallace. Man spielt mit den Leuten Billard. Man sperrt die Ohren auf. Und endlich, vielleicht nach Wochen, entscheidet man, welchem von ihnen man trauen kann – für seine eigenen Zwecke. Baini zum Beispiel. Oder Ben Grady. Oder Fitz.

Beim erstenmal nimmt man Baini. Aber der läßt sich schnappen und fällt aus.

Nun hat man eine zweite Chance, an die zweihunderttausend zu kommen. Man kann es nicht riskieren, einen Wildfremden als Botenjungen zu benutzen. Also kommt man auf Ben und Fitz zurück.

Aber Ben ist nicht verfügbar – nach Auskunft dessen, der im ›Swenson‹ das Telefon abgenommen hatte –, und so bleibt Fitz übrig.

Ich überlegte, wem wohl diese Finger gehört hatten.

Einem Penner von der Straße? Einem, den niemand vermissen würde, wenn man ihn in seine Einzelteile zerlegte? Oder vielleicht Ben Grady? War er das unglückliche Opfertier? Vielleicht hatte der Typ im ›Swenson‹ ihn deshalb in letzter Zeit nicht mehr gesehen.

Um zwanzig nach elf klingelte das Telefon.

Ich nahm ab und sagte: »Fitz.«

Die Stimme flüsterte: »Hast du das Päckchen?«

Gordon war jetzt also richtig ungeduldig. »Mhm«, sagte ich.

Eine kleine Pause folgte. »Probleme?«

»Nein.«

»Ist dir jemand gefolgt?«

»Nein.« Gordon hatte also die Übergabestelle nicht beobachtet. Er machte es diesmal ein bißchen anders.

Eine weitere Pause, dann: »Bring es zum Northwestern Railway Depot und warte beim Fahrkartenschalter.«

Ich versuchte meine Stimme so neutral wie möglich klingen zu lassen und hoffte, sie würde als Fitz' Stimme durchgehen. »Werden Sie dort sein?«

»Vielleicht. Oder du kriegst dort einen Anruf, wo du als nächstes damit hingehen sollst.«

Das Flüstern machte die Stimme völlig unkenntlich. Nicht, daß ich damit gerechnet hätte, sie zu erkennen. Ich hatte Gordon noch nie gesehen oder gehört.

»Ich gehe sofort los«, sagte ich und wartete.

Das Klicken unterbrach die Verbindung.

Ich legte auf. Ich konnte mir ganz gut vorstellen, was als nächstes passieren sollte. Vielleicht wäre Gordon am Northwestern Depot, aber ich glaubte nicht daran. Wahrscheinlich sollte Fitz am Bahnhof einen neuen Anruf bekommen, der ihn anwies, die Aktenmappe an einen anderen, schön öffentlichen Ort zu bringen. Dort würde Gordon sie vielleicht übernehmen, aber wahrscheinlicher würde Fitz immer weitergeschickt, von einem Ort zum nächsten. Irgendwo würde dann Gordon sein, der die Tasche erst übernehmen wollte, wenn er sich völlig davon überzeugt hatte, daß niemand Fitz gefolgt war.

Ich zündete mir eine Zigarette an und wartete.

Um halb zwölf hörte ich Schritte, dann einen Schlüssel im Schloß. Ich ging ins Bad und wartete, bis das Licht an und die Tür wieder zu war. Dann kam ich heraus.

Fitz blieb der Mund offenstehen, als er mich sah – und meine Kanone.

»Keinen Ton«, sagte ich, »dann läuft alles wie geschmiert.«

Ich glaube, er hätte in diesem Moment sowieso keinen Ton herausgebracht. Sein Blick klebte wie hypnotisiert an der Waffe.

»Leg die Tasche aufs Bett.«

Er betrachtete die Tasche, als hätte er sie noch nie gesehen, und tat dann wie befohlen.

»Weißt du, was da drin ist?« fragte ich.

Er beeilte sich, das abzustreiten. »Nein, Sir. Ich habe keine Ahnung, und ich bin auch nicht neugierig.«

»Außerdem ist sie abgeschlossen, wie?«

»Ja, Sir. Aber ich hätte auch sonst nicht hineingeguckt.«

Ich durchsuchte ihn, ob er vielleicht etwas bei sich hatte, womit er mir weh tun konnte. Dann steckte ich meinen Revolver weg. Wenn Fitz etwas versuchen sollte, würde ich auch so mit ihm fertig. »Nur keine Panik.«

»Nein, Sir.« Typen wie er sind immer sehr höflich, wenn sie Angst haben.

Ich klappte den Schraubenzieher an meinem Taschenmesser aus und nahm mir die Aktentasche vor. Ich mußte sicher sein, daß wirklich das Geld darin war, bevor ich irgend etwas Weiteres unternahm. Ich nehme Mühen und Risiken nicht gern umsonst auf mich.

Ich brach das Schloß auf und öffnete die Tasche. Es war alles darin, ordentlich gebündelt – zweihunderttausend Dollar.

Fitz sah mir mit Stielaugen zu. »Ist das echt?«

Das hoffte ich doch, und ich hatte keinen Grund, daran zu zweifeln. Ich sah Fitz an und entschied über meinen nächsten Schritt. Wenn er klappte, würde es einfacher für mich sein. Ich habe es lieber, wenn die Leute ganz locker sind. »Nein«, sagte ich. »Falschgeld. Damit könnte man nicht mal die Oma am Kiosk reinlegen.«

Er glotzte mich an.

Ich lächelte. »Das Syndikat wollte dich nur mal auf die Probe stellen. Ich wollte wissen, ob man dir trauen kann.« Ich wußte nicht, ob es in dieser Stadt ein Syndikat gab, aber Flaschen wie Fitz glauben immer, es gibt eins.

Das Wort »Syndikat« wirkte Wunder. Fitz schluckte. »Das Syndikat?«

»Genau. Wir beobachten dich schon eine ganze Weile.«

Er wußte noch nicht, ob das gut oder schlecht für ihn war.

»Wir glauben, daß du dich für größere Aufgaben eignest.«

Er lebte merklich auf.

»Wir glauben, daß du das Zeug dazu hast. Im Gegensatz zu Grady oder Baini.«

Er pflichtete mir nur zu gerne bei. »Kleine Dreigroschengangster.«

»Genau. Aber du hast Köpfchen.«

Nur wenige Leute plädieren auf unschuldig, wenn man sie

der Intelligenz bezichtigt. Fitz nickte. »Köpfchen braucht man, wenn man heutzutage vorwärtskommen will.«

Jetzt strengte er sein Spatzenhirn so richtig an, um mir eine Frage zu stellen. »Sind Sie der Mann, der die Tasche abholen sollte?«

Ich lächelte. »Hätte ich ein Kennwort nennen sollen oder irgend so was Albernes?«

Fitz schüttelte den Kopf. »Nein. Ich habe ja nur den Anruf bekommen. Ich wußte nicht, wer das war, aber ich sollte eben die Tasche abholen und hierherbringen. Und innerhalb der nächsten vierundzwanzig Stunden sollte jemand sie holen.«

Ich schnalzte mit der Zunge. »Dieser Georgie. Kriegt zwanzigtausend im Jahr plus Prämien, und dann baut er bei solchen Kleinigkeiten schon Mist. Er hätte wenigstens eine Beschreibung von mir geben können.« Ich nahm die Tasche und ging zur Tür. Dann drehte ich mich um, als wäre mir gerade etwas eingefallen. »Hast du heute nacht schon was vor?«

»Nein, Sir.«

Ich ließ ihn deutlich merken, daß ich nachdachte. Ich strich mir übers Kinn. »Ich finde, du bist soweit. Möchtest du den Distriktboß kennenlernen?«

Er war wohl mit den Gedanken bei den zwanzig Riesen, die Georgie angeblich bekam. »Klar, sicher. Wenn Sie meinen.«

Ich ließ ihn die Tasche zum Auto tragen, und er tat es so stolz wie ein Hund mit einer Zeitung im Maul.

Er streichelte fast mein Auto, als wir einstiegen. »Tolle Kiste«, meinte er. Im Geiste kaufte er sich auch schon so eines.

Ich scherte auf die Fahrbahn ein. »Turk wohnt draußen auf dem Land.«

»Turk?«

»Der Distriktboß.«

Fitz ließ seiner Phantasie freien Lauf. »Großes Anwesen, wie?«

»Viel Land drum herum. Viele Bäume.«

Fitz' Superhirn arbeitete fieberhaft. »Wieviel kriegt denn der Distriktboß so?«

»Fünfzigtausend vom Syndikat.« Ich zwinkerte ihm zu. »Aber wer ein bißchen Grips hat, weiß das zu verdoppeln.«

Fitz grinste und zwinkerte zurück. Wir waren Kumpel. Eingeweihte.

Es war eine angenehme Fahrt, fünfzehn Meilen aufs Land hinaus und über etliche Nebensträßchen, bis ich ein schön dunkles Waldstück fand.

Ich hielt an. »Das letzte Stück müssen wir zu Fuß gehen. Turks Zufahrt wird gerade neu gepflastert. Aber irgendwo hier geht ein Fußweg direkt zum Haus ab.«

Wir stapften vielleicht hundert Meter weit in den Wald hinein, dann fand ich es an der Zeit, Fitz' Träume zu beenden.

Ich war vorausgegangen, und als ich mich umdrehte, hatte ich den Revolver in der Hand. Vielleicht hat er ihn im Dunkeln nicht einmal gesehen. Ich schoß, und er fiel ohne einen Laut um. Als ich mich neben ihn kniete, sah ich, daß eine Kugel mehr als genug gewesen war.

Ich ging zum Wagen zurück. Gordon würde glauben, daß Fitz ihn gelinkt hatte, und Mike Neeland würde dasselbe von Gordons »Kidnappern« denken.

Zweihunderttausend Dollar waren futsch, und ich allein wußte, wo sie waren.

In der Stadt deponierte ich die Tasche in einem Schließfach am Busbahnhof. Mein Tagwerk konnte sich sehen lassen, und ich war versucht, mich damit zufriedenzugeben.

Aber langsam fragte ich mich, was Gordon jetzt wohl tun würde. Wenn er endlich zu dem Schluß käme, daß Fitz sich mit dem Geld aus dem Staub gemacht hatte, würde er dann weitere Finger an Neeland schicken und hoffen, er könne ihm damit noch einmal zwanzig Riesen entlocken?

Je mehr ich darüber nachdachte, desto klarer sah ich, daß da noch mehr herauszuholen war. Angenommen, ich brachte Gordon zu Neeland? Mit allen zehn Fingern? Ich konnte mir vorstellen, daß Neeland sich erkenntlich zeigen würde.

Ich versetzte mich in Gordons Lage. Wenn ich entdeckte, daß Fitz nicht zum Northwestern Railway Depot gegangen war, was würde ich dann tun? Was würde ich denken?

Hatte Fitz mich geleimt? Hatte er sich mit dem Geld davongemacht? War er Neelands Leuten in die Hände gefallen? Hatten sie ihn in der Zange und hofften auf ein paar erhellende Worte von ihm?

Oder würde ich entgegen meinem Verdacht doch hoffen, daß es nur eine kleine Panne gegeben hatte? Vielleicht hatte Fitz' Wagen den Geist aufgegeben. Aber würde dieser Idiot dann nicht wenigstens soviel Verstand haben, ein Taxi zu nehmen?

Ich würde abwechselnd grübeln und schäumen und eine Zigarette nach der anderen rauchen. Sollte ich zu Fitz' Wohnung gehen? Nein. Das kam nicht in Frage. Zu gefährlich. Dort warteten womöglich Neelands Leute auf mich. Zum Bahnhof? Nein. Das hatte keinen Sinn. Ich würde Fitz ausrufen lassen, und er konnte ja gar nicht da sein.

Ich konnte nichts anderes tun, als anzurufen und immer wieder anzurufen. Beim Bahnhof. In Fitz' Apartment.

Würde diese ganze Telefoniererei etwas nützen? Das könnte ich nicht wissen. Aber es wäre immer noch besser, als herumzusitzen und gar nichts zu tun.

Ich fuhr zu Fitz' Wohnung und ging hinein. Lange brauchte ich nicht zu warten. Das Telefon klingelte um Viertel vor eins.

Ich nahm den Hörer ab und sagte: »Fitz.«

Am anderen Ende brach ein Gewitter los. Kein Flüstern diesmal. Dafür war er zu wütend. »Wo zum Teufel hast du gesteckt?« verlangte er zu wissen.

Ich hatte Gordon nie gesehen oder seine Stimme gehört, aber das war nicht Gordon. Es klang wie ... ich mußte die Stimme etwas mehr sagen hören, bevor ich sicher sein konnte. »Ich hatte Ärger mit dem Wagen«, brummelte ich.

Die Wut des Mannes kannte keine Grenzen. »Warum zum Henker hast du kein Taxi genommen?«

Ich redete weiter so, als ob ich den Mund voller Cornflakes hätte. »Ich dachte, das wäre im Handumdrehen geflickt, aber es hat dann doch länger gedauert.«

Er fluchte. »Was machst du jetzt in deiner Wohnung?«

»Ich war ganz schmutzig, da wollte ich mich zuerst mal waschen.«

Ich konnte ihn nicht sehen, aber nach meinem Eindruck war sein Telefonhörer in akuter Gefahr, in zwei Teile zerbrochen zu werden.

»Hör zu, du Hohlkopf«, fauchte er. »Mach, daß du zum Bahnhof kommst. Und zwar sofort.«

Jetzt hatte ich die Stimme erkannt. Es war Van Camp, Mike Neelands Manager im ›Blue Moraine‹. »Werden Sie dort sein?« fragte ich.

»Mach dir darüber keine Gedanken. Setz du nur deinen bleiernen Arsch in Bewegung. Und warte dort.«

Ich legte auf. Es spielte für mich keine Rolle, ob Van Camp zum Bahnhof fuhr oder nicht. Wenn ja, würde er sich dort wahrscheinlich so verstecken, daß er mich beobachten konnte, ohne daß ich ihn sah. Er konnte sogar vom ›Blue Moraine‹ aus telefonieren und mich von Pontius zu Pilatus schicken, bevor er sich blicken ließ.

Eine Dreiviertelstunde später war ich im ›Blue Moraine‹. Für die Art von Unterhaltung, die in diesem Klub geboten wurde, war jetzt die beste Zeit, und die Armada von Autos draußen auf dem Parkplatz sagte mir, daß oben im ersten Stock das Geschäft lief.

Ich fragte nach Van Camp und war nicht allzusehr überrascht, daß er im Haus war.

Ich ging im ersten Stock nach hinten durch, klopfte an die Tür mit der Aufschrift »Privat« und trat ein.

Van Camp saß hinter seinem Schreibtisch. Das Zimmer war völlig verräuchert, und der Aschenbecher quoll über von Kippen.

Van Camp sah mich gereizt an. »Was wollen Sie?«

Ich machte die Tür hinter mir zu. »Das Spiel ist aus, Van Camp.«

»Was soll das heißen?«

»Ich habe ein gutes Ohr für Stimmen. Sie haben vorhin nicht mit Fitz telefoniert, sondern mit mir.«

Er kniff argwöhnisch die Augen zusammen. »Und wer soll dieser Fitz sein?«

Ich lächelte. »Baini, Ben Grady und Fitz waren sozusagen ihre Laufburschen. Beim erstenmal haben Sie Baini geschickt, und der wurde zusammengeschlagen. Blieben Ihnen nur noch Ben und Fitz. Ben ist zur Zeit nicht da, wenn ich richtig informiert bin. Also blieb Ihnen nur noch Fitz. Ganz einfach, oder? Ich bin auch ganz allein darauf gekommen mit meinem bißchen Hirn.«

»Für mich reden Sie Chinesisch.« Aber die Neugier gewann doch die Oberhand. »Dieser Fitz, von dem Sie da sprechen, wo ist der denn?«

Ich weiß nicht, ob es mir gelang, rot zu werden, aber ich gab mir Mühe. »Keine Ahnung. Ich habe auf ihn gewartet und mir schließlich Zugang zu seiner Wohnung verschafft. Sieht aus, als ob er sich die Tasche unter den Arm geklemmt hätte und auf Reisen gegangen wäre.«

Auf Van Camps Gesicht erschienen rote Wutflecken, aber er sagte nichts.

Ich fuhr vielsagend mit der Hand in die Tasche. »Fitz mag mir ja entwischt sein, aber dafür habe ich Sie.«

Er gab immer noch nichts zu. »Und was erhoffen Sie sich davon?«

»Ich glaube, Mike Neeland würde es sehr schätzen, sich mal mit Ihnen unterhalten zu können. Wenn Sie verstehen, was ich meine.«

Der Gedanke behagte ihm ganz und gar nicht. Er machte eine größere Aktion daraus, sich aus dem silbernen Kästchen auf seinem Schreibtisch eine Zigarette zu nehmen. »Wieviel zahlt Ihnen Neeland?«

»Ich bekomme fünftausend.«

Van Camp beschloß, seine Ziererei aufzugeben. »Ich biete Ihnen zehn.«

Ich schüttelte den Kopf. »Ich würde Neeland nie hintergehen. Er hat zu viele Freunde.«

»Zwanzig«, sagte Van Camp.

»Nicht mal für das Doppelte.« Ich seufzte. »Und selbst wenn, Sie versuchen doch nur, sich mit leeren Versprechungen loszukaufen. Wenn Sie zwanzig Riesen besäßen, würden

Sie nicht den Kidnapper spielen.« Ich wartete auf etwas Konkreteres und fragte mich schon, ob ich es wohl selbst vorschlagen müßte.

Auf Van Camps Stirn trat langsam ein glänzender Nässefilm. »Hören Sie, ich bin hier schließlich der Manager, kapiert? Wir nehmen Abend für Abend zwanzig bis dreißig Riesen ein.«

»Das ist nicht Ihr Geld«, sagte ich.

Jetzt erklärte er es einem zurückgebliebenen Jungen – geduldig, aber in größter Not. »Ich kriege es aber für eine Weile in die Finger. Mike schickt seinen Kassierer nie vor sechs Uhr früh, um die Einnahmen abzuholen.«

Ich stellte mich dumm. »Und was sagen Sie Mike, wenn er merkt, daß Geld fehlt?«

»Überhaupt nichts sage ich ihm«, blaffte Van Camp ungehalten. »Um sechs habe ich die Staatsgrenze hinter mir gelassen, und zwar weit.«

Schließlich nickte ich. »Dann lassen Sie mal sehen.«

Einen Teil des Geldes hatte Van Camp in seinem Safe, und dann drehte er noch die Runde durch den Spielsaal und sammelte so viel ein, wie es ging, ohne das Spiel an den Tischen zu gefährden oder Stirnrunzeln hervorzurufen. Ich blieb hinter ihm. Nicht so dicht, daß jemand sich erinnern würde, uns zusammen gesehen zu haben, aber dicht genug, um ihn nicht auf die Idee kommen zu lassen, das Geld einzustecken und einen fliegenden Start durch die Hintertür zu versuchen.

In seinem Büro zählten wir dann alles zusammen und kamen auf eine Gesamtsumme von etwa achtzehntausend.

Van Camp war ganz erledigt von der Anstrengung, die ihn das alles kostete, während er das Geld in eine Aktentasche tat und mir überreichte.

»Was ist mit Gordon?« fragte ich.

Es ärgerte ihn ein bißchen, ausgerechnet jetzt an Gordon erinnert zu werden. »Soll er doch da verrecken.«

Die Worte machten mich stutzig. »Wo ist er denn?«

»Ich habe ihn gefesselt im Keller einer kleinen Berghütte liegen, die mir gehört.«

Ich klemmte mir die Aktentasche unter den Arm und fand, daß es nicht schaden könnte, jetzt ein bißchen Unwissenheit durchblicken zu lassen. »Ich dachte, Sie und Gordon steckten da zusammen drin.«

»So war es auch.« Er warf einen Blick auf seine Armbanduhr, nur darauf bedacht, sich endlich aus dem Staub zu machen. »Gordon hat Baini, Grady und Fitz aufgetrieben. Aber nachdem die erste Übergabe nicht geklappt hatte, wollte er am liebsten aussteigen und die Sache vergessen.«

Jetzt wurde mir alles klar. »Aber davon wollten Sie nichts wissen? Und es waren tatsächlich Gordons Finger?«

Er nickte. Die Sache interessierte ihn nicht mehr. Er hatte anderes im Kopf.

»Sie müssen Gordon beseitigen«, sagte ich. »Und zwar sofort.«

»Wozu die Mühe? In ein paar Tagen stirbt er sowieso da oben, ohne Nahrung und Wasser.«

»Mag sein. Aber mal angenommen, er kommt irgendwie frei? Er könnte so gemein sein, zur Polizei zu gehen und so zu tun, als ob es eine wirkliche Entführung gewesen wäre. Die Finger, die ihm fehlen, machen seine Geschichte absolut glaubwürdig. Und dann sitzt Ihnen nicht nur Neeland im Nacken, sondern das ganze FBI. Sie hätten keine Chance.« Ich ließ das erst mal wirken. »Wenn Sie vor dem letzten Schritt Hemmungen haben, erledige ich das für Sie.«

Van Camp sah es mit meinen Augen, aber nicht gern. »Also gut. Aber dann schnell.«

Wir nahmen seinen Wagen, und selbst bei dem Tempo, das wir vorlegten, dauerte die Fahrt eine Dreiviertelstunde. Endlich bogen wir in einen alten Holzweg oder so etwas Ähnliches ein und hielten vor einer Hütte. Es war drei Uhr morgens.

Van Camp stieg mit einer Taschenlampe aus dem Wagen, und ich folgte ihm. Die kleine Holzhütte hatte keinen Stromanschluß und roch nach Staub. In der Küche bückte Van Camp sich und zog an einem ins Linoleum eingelassenen Ring.

Die Falltür ging auf, und der Strahl der Taschenlampe durchschnitt das muffige Dunkel. Der Keller war kaum mehr als ein Loch in der Erde, und in einer Ecke lag Gordon, die Hände hinter dem Rücken gefesselt. Er hatte einen Knebel im Mund, und der Strick um seine Füße endete in einer Schlinge um seinen Hals. Von welcher Seite man es auch betrachtete, viel Luft bekam er nicht.

Gordon war jetzt gar nicht mehr hübsch. Seine Augen schillerten vor Todesangst.

»Machen Sie schon«, kommandierte Van Camp.

Ich ging nicht erst die Holztreppe hinunter. Ich schoß einmal. Gordon zuckte beim Aufprall der Kugel und rollte auf den Bauch. Ich sah, daß zwei Finger seiner rechten Hand fehlten. Und das sagte mir etwas.

Van Camp wollte gerade die Falltür herunterlassen.

»Ich bin noch nicht fertig«, sagte ich.

Sein Blick begegnete meinem, und er hatte etwa eine Sekunde Zeit, um zu kapieren, wie es jetzt weiterging.

Meine Kugel erwischte ihn voll, und als er taumelte, gab ich ihm mit den Fingerspitzen einen leichten Schubs. Er fiel ins Loch, und ehe ich es verhindern konnte, kullerte auch die Taschenlampe hinein. Ich ließ die Klappe zufallen und suchte mir den Weg aus der Hütte mit Hilfe meines Feuerzeugs.

Ich fuhr zum ›Blue Moraine‹ zurück, stieg in mein eigenes Auto und war um fünf wieder in der Stadt. Die Sonne ging gerade auf.

Ich fand eine offene Imbißstube und frühstückte ausgiebig. Dann deponierte ich die achtzehntausend in meinem Schließfach am Busbahnhof und ging in mein Hotelzimmer, wo ich mir mit ein paar Drinks selbst gratulierte.

Um halb sieben fuhr ich zum ›Parakeet‹. Die Spieltische waren abgedeckt, die Angestellten nach Hause gegangen. In einer guten Stunde würde die Putzkolonne anrücken.

Mike Neeland war noch in seinem Büro. Er hatte tiefe Schatten unter den Augen. »Irgendwas ist schiefgegangen, Danny. Sie haben Gordon noch nicht laufenlassen. Vor einer Viertelstunde hat seine Frau angerufen. Sie sagt, wenn ich nicht dafür sorge, daß er sofort freikommt, schaltet sie die Polizei ein.«

Ich zündete mir eine Zigarette an. »Mike, ich habe jetzt alle Puzzleteile zusammen. Es tut mir leid, daß es zu spät ist, um noch was zu ändern, aber –«

»Wovon reden Sie?«

»Von der Entführung«, sagte ich. »Es war gar keine. Gordon hat noch seine zehn Finger und ist inzwischen über alle Berge.«

Neeland kniff die Augen zusammen.

»Die Finger stammen wahrscheinlich von irgendeinem armen Penner, den Gordon aufgegabelt hat. Gordon hat diesen ganzen Zirkus inszeniert.« Ich dachte einen Moment an die acht Finger, die Gordon noch hatte, als ich ihn zuletzt sah, kannte also schon die Antwort auf die Frage, die ich jetzt stellte: »Haben Sie gestern mit der Post noch einen Finger bekommen?«

»Nein.«

»Hätten Sie aber bekommen *müssen.*«

Er runzelte die Stirn. »Warum? Ich hatte mich doch schon bereit erklärt zu zahlen.«

Ich lächelte. »Den Poststempeln nach hat Gordon die ersten beiden Finger an Orten aufgegeben, die dreißig bis vierzig Meilen von hier entfernt liegen. In seinen Briefen hat er kontinuierliche Lieferungen versprochen. Ihre Anzeige, die ihm sagte, daß Sie auf seine Bedingungen eingehen würden, ist erst vormittags in der Elfuhrausgabe des *Journal* erschienen. Wenn diese Anzeige also seine einzige Informationsquelle gewesen wäre, hätte er schon vorher einen weiteren Finger abschicken müssen, damit Sie ihn um halb zwei in der Post hatten.«

Ich machte eine kleine Pause. »Aber da wußte er schon, daß die Anzeige erscheinen würde. Er wußte es am Tag zuvor. Er brauchte keinen Finger mehr abzuschneiden und zur Post zu geben. Er wußte, daß Sie zahlen würden, weil es ihm jemand *gesagt* hat. Und wer wußte, daß die Anzeige erscheinen würde? Nur Sie und ich – und Dorothy Gordon.«

Und so war es auch gewesen. Nur daß Dorothy Gordon es Van Camp weitergesagt hatte, nicht ihrem Mann. Und ich hatte so eine Vorstellung, daß eine Frau, die es zuließ, daß ihr Mann in Stücke zerlegt wurde, noch andere Pläne hatte. Wahrscheinlich hatten sie und Van Camp vorgehabt, Gordon umzubringen, sowie sie das Geld hätten, um dann zusammen zu verschwinden.

Mike Neeland mußte mit dem, was ich ihm da gesagt hatte, erst mal in seinem Zimmer auf und ab gehen.

»Und noch etwas«, sagte ich. »Ich glaube, daß Gordon das Geld genommen hat und ohne seine Frau abgehauen ist.«

»Wie kommen Sie darauf?«

»Sie sagen, daß sie vorhin angerufen hat. Würde sie das tun, wenn Gordon *und* sie das Geld hätten?« Ich schüttelte den Kopf. »Nein. Sie glaubt, daß Sie nicht gezahlt haben. Aber irgendwann kommt sie dahinter, daß er abgehauen ist.«

Neeland fluchte ausgiebig. Dann blitzte er mich an. »Ich möchte, daß Sie sich um Dorothy Gordon kümmern. Sofort. Ist das klar?«

Ich nickte. »In Ordnung, Mike. Und das mache ich umsonst. Ich habe Ihnen in dieser Geschichte ja nicht viel genützt.«

Er winkte ab. »Nein, nein. Ich sorge dafür, daß Sie die üblichen fünftausend dafür kriegen.«

Das Telefon klingelte, und Neeland nahm den Hörer ab. Beim Zuhören wurde sein Gesicht immer finsterer. Schließlich knallte er den Hörer auf.

Ich wartete höflich.

Neeland schnaufte schwer. »Zu allem Überfluß sieht es auch noch so aus, als ob Van Camp die Kasse im ›Blue Moraine‹ geplündert und sich davongemacht hätte. Wahrscheinlich ist er inzwischen auch in Südamerika.«

Ich erhob mich und setzte meinen Hut auf. »Ich kümmere mich jetzt um Dorothy Gordon.«

Er rief mich an der Tür noch einmal zurück. »Danny.«

»Ja?«

»Danny, wenn Sie das erledigt haben, kommen Sie hierher zurück.«

»Klar, ich melde mich gleich.«

»So meine ich es nicht, Danny. Ich möchte, daß Sie bei mir bleiben. In der Organisation.«

Ich dachte über die Organisation nach – die achtzehntausend, die das ›Blue Moraine‹ schon bis zwei Uhr früh einnahm, und über die anderen Klubs, die Mike gehörten.

Und ich dachte auch an Eve Neeland.

Ich sah ihm fest in die Augen. »Ich habe Sie mal sagen hören, daß Sie keinen um sich haben wollen, der Grips hat.«

Er lächelte dünn. »Klar haben Sie Grips, Danny, aber an Ihnen ist noch mehr dran.«

»Und das wäre?«

Sein Gesicht bekam einen feierlichen Ausdruck. »Ich kann Ihnen trauen. Das ist es.«

Die Tränen kamen mir nicht, aber ich ließ ihn sehen, daß ich schlucken mußte. »Danke, Boß. Sie können sich auf mich verlassen.«

Gesalzene Lösung

Sibyl Logan heißt sie«, sagte ich. »Und sie hat sich in den Kopf gesetzt, in mich verliebt zu sein. Ich schätze sie auf siebzehn oder achtzehn.«

»Ja, mein Herz«, sagte meine Frau Arlene. »Ist Thunfischauflauf zum Abendessen recht?«

»Ich kann's ertragen«, sagte ich, während ich Tabak in meine Pfeife stopfte und sie anzündete. »Sie muß mir auf dem ganzen Campus überallhin nachlaufen. Jedesmal, wenn ich mich umdrehe, ist sie da, lehnt an einem Baum und sieht zum Erbarmen aus.«

Ich wartete, bis mein Streichholz abgekühlt war, und warf es in den Eimer unter der Spüle. »Ich möchte nichts weiter als ein harmloser Lehrer sein. Wie ich diese Komplikationen hasse, die dich so irre eifersüchtig machen!«

»Ich habe kein Körnchen Eifersucht im Leib«, sagte Arlene grinsend. »Immer ruhig und gelassen. Ich nehme es wie eine erwachsene Frau.«

»Das gefällt mir so an dir«, sagte ich. »Ich bewundere es zutiefst. Und gleichzeitig tut es doch auch weh.«

Ich sah sie an. »Woher hast du diesen blauen Fleck an der Wange?«

Sie faßte kurz hin. »Ich war zufällig im Weg, als ich heute morgen die Kühlschranktür öffnen wollte.«

Es klingelte an der Haustür, und ich ging aus der Küche, um aufzumachen. Mein Lächeln gefror, als ich Sibyl Logan und ein reiferes Ehepaar vor mir sah.

Sibyl lächelte schwach. »Meine Eltern. Aber von mir haben sie nichts erfahren. Meine Lippen sind fest versiegelt.«

Mr. Logan war ein stattlicher Mann mit sanften blauen Augen. Er streckte die Hand aus. »Freut mich, Sie kennenzulernen, Mr. Roberts. Schönes Wetter, was wir da haben. Gut für die Jagd.«

Seine Frau tippte ihm auf den Arm. »Hör mal, Lieber«, sagte sie. »Allzu freundlich sollten wir auch wieder nicht sein. Denk daran, was Elvira gesagt hat.« Sie wandte sich mir zu und lächelte. »Elvira ist meine ältere Schwester, müssen Sie wissen.«

Meine Frau kam zu mir an die Tür, und Mr. Logan nahm höflich den Hut ab.

»Sibyl mochte nicht mehr richtig essen«, sagte Mrs. Logan. »Nicht mal Thunfischauflauf, dabei ist das ihr Lieblingsgericht. Elvira hat das gemerkt und sich bei Sibyls Freunden umgehört. Sie hat erfahren, daß Sibyl in Ihren Mann verliebt ist, Mrs. Roberts.«

Mrs. Logan lächelte. »Und jetzt sollen wir wohl mal feststellen, was da los ist oder so, stimmt's, Fred? Jedenfalls hat Elvira das gesagt.«

»Ich mag diesen Auflauf ja auch nicht so besonders«, sagte Mr. Logan. »Der ist immer so salzig.«

Sibyl sah mir in die Augen und sagte leise: »Wo du hin gehest, da will ich auch hin gehen. Dein Volk ist mein Volk.«

»Wenn du das nachschlägst«, sagte ich, »wirst du sehen, daß Ruth das zu ihrer Schwiegermutter sagt. Meine Mutter wohnt in Emporia in Kansas. Aber wenn du wirklich fest entschlossen bist...«

»Fürs erste«, sagte meine Frau, »schlage ich vor, wir gehen alle zusammen ins Wohnzimmer.«

Als wir alle saßen, wandte Arlene sich an Mrs. Logan. »Nehmen Sie dazu Kartoffelchips?«

Mrs. Logan nickte leutselig. »Aber ja. Eine Tasse zerdrückte Kartoffelchips. So steht es im Rezept.«

Sibyl runzelte die Stirn. »Mutter, hast du vergessen, wozu wir hier sind? Ich dachte, wir wollten eine Szene machen oder so.«

»Aber natürlich, Schätzchen.« Mrs. Logan wandte sich an ihren Mann. »Solltest du Mr. Roberts eine reinhauen? Wegen Schwerenöterei? Oder war es dafür, daß er die arme Sibyl überhaupt nicht beachtet?«

»Aber du weißt doch, daß ich an so etwas nie gedacht habe«, sagte Mr. Logan leicht beleidigt. »Das war Elviras Idee.«

Mrs. Logan lächelte mich freundlich an. »Arme Elvira. Sie wollte so gern dabeisein, aber dann hat sie sich heute nachmittag den Knöchel verstaucht. Sie war so was von wütend!«

»Haben Sie schon mal versucht, die Hälfte der Kartoffelchips durch eine halbe Tasse Cornflakes zu ersetzen?« fragte Arlene.

Mrs. Logan strahlte. »Aber Mrs. Roberts, das ist eine großartige Idee!«

Sibyl sah mir in die Augen. »Sind Sie glücklich mit dieser Frau? Ich meine, richtig glücklich?«

Schweigen trat ein, und ich rieb mir das Kinn.

»Nun«, sagte meine Frau endlich. »Beantworte die Frage.«

»Ich muß nachdenken«, sagte ich abwehrend. Ich lächelte Mrs. Logan an. »Haben Sie schon mal versucht, die Kartoffelchips über Nacht einzuweichen? Ich garantiere, dann ist das ganze Salz heraus.«

Die Stimme meiner Frau war kalt. »Du hast die Frage dieses reizenden Kindes noch immer nicht beantwortet.«

»Sie würden es nicht glauben«, sagte ich zu den Logans. »Aber meine Frau hat kein Körnchen Eifersucht im Leib. Sie können sie röntgen, wenn Sie wollen.«

Mrs. Logan war nachdenklich. »Aber leidet darunter nicht ihre Knusprigkeit?«

»Es gibt nur eine Lösung für dieses Dilemma«, sagte ich. »Ihr beide müßt mich einfach teilen. Ein halber Kuchen ist immer noch besser als gar keiner.«

»Ich bin sehr für Kompromisse«, sagte Mr. Logan. »Darum habe ich für die Jagd eine Büchsflinte. Ein gezogener und ein glatter Lauf. Damit ist man den meisten Situationen gewachsen, in die man draußen kommt.«

Meine Frau funkelte mich eine halbe Minute wütend an, dann wandte sie sich an Sibyl. »Wetten, daß du nicht mal kochen kannst?«

Sibyl lächelte. »Das ist in meinem Fall auch nicht nötig.«

Meine Frau atmete ein paarmal tief durch, dann sprach sie mit tödlicher Ruhe: »Also gut, mein Kind. Du kannst ihn haben.«

Sibyl blinzelte. »Sie meinen...« Sie schnippte mit den Fingern. »Einfach so?«

Arlene nickte. »Paß aber gut auf ihn auf. Er ist nicht mehr der Jüngste.«

»Das sind wir alle nicht mehr«, meinte Mr. Logan fröhlich. »Aber das Beste haben wir noch vor uns.«

»Browning«, sagte ich, ohne nachzudenken.

Er schüttelte den Kopf. »Winchester. Kaliber .16. Hübsche kleine Bleispritze.«

»Schick ihn regelmäßig zum Zahnarzt«, sagte Arlene. »Ich fürchte, daß er trotz allem in ein, zwei Jahren...«

»Jetzt mach aber einen Punkt«, warf ich ein. »Ich habe ein vollkommen gesundes ...«

»Ruhe«, sagte meine Frau frostig. Sie lächelte Sibyl an. »Er ist immer allerbester Laune. Das heißt, normalerweise«, fügte sie bedächtig hinzu.

Sibyls Blick wanderte zu dem Bluterguß an Arlenes Wange, und ihre Augen wurden ganz groß.

»Das ist nichts weiter«, sagte Arlene. »Er schlägt nicht sehr hart zu.« Sie lachte verlegen. »Ach Gott, das hätte ich nicht sagen sollen. Ich zerstöre noch sein ganzes Selbstvertrauen.«

»Ich kann so hart zuschlagen wie jeder andere«, sagte ich beleidigt. »Du bist nur ausgewichen.«

»Wenn ich es recht bedenke«, sagte Mrs. Logan, »habe ich das Rezept von Elvira. Sie war schon immer sehr für salzig.«

»Ansonsten ist er gut in Schuß«, sagte meine Frau. »Solange er seine Pillen nimmt.«

Ich stand auf. »Dann gehe ich jetzt am besten einen Koffer packen. Morgen früh schicke ich einen Möbelwagen für die Medikamente.«

»Einen Moment noch«, sagte Sibyl hastig. »Ich sehe ein, daß ich hier sehr selbstsüchtig war. Ich habe gar nicht bedacht, wie Ihnen dabei zumute ist, Mrs. Roberts. Schließlich sind Sie so an ihn gewöhnt.«

Meine Frau wischte sich über die Augen. »Ein paar Tage wird er mir natürlich fehlen. Als unser Hund weggelaufen ist, war ich am Boden zerstört.«

»Mir fällt gerade ein«, sagte Sibyl, »daß ich noch minderjährig bin. Ein bloßes Kind von siebzehn Jahren. Noch ganz unreif. Emotional, meine ich«, fügte sie rasch hinzu. »Außerdem würden meine Eltern nie ihre Einwilligung geben.«

Mrs. Logans Augen blickten gedankenverloren. »Haben wir nicht letzte Woche ihren achtzehnten Geburtstag gefeiert, Fred?«

Mr. Logan wippte auf den Absätzen und kaute nachdenklich an seiner Unterlippe. »Ich könnte es nicht genau sagen, Liebes. Aber Elvira weiß das sicher.«

Sibyl war aufgestanden. »Es war sehr nett, Sie kennenzulernen. Aber wir müssen jetzt gehen. Unbedingt.«

»Besuchen Sie mich doch mal«, sagte Mr. Logan. »Sagten Sie nicht, Sie haben eine Browning? Schönes Gewehr.«

Als sie fort waren, lehnte meine Frau sich einen Moment an die Tür und schloß die Augen. Dann sah sie mich an. »Na?«

»Ich bin glücklich mit dir«, sagte ich. »Phänomenal.«

Sie seufzte erfreut und ein bißchen erleichtert. »Dann mache ich jetzt das Essen. Aber du wirst leider noch mal in den Laden gehen und Cornflakes holen müssen. Sie sind mir ausgegangen.«

»Ich weiß nicht«, meinte ich skeptisch. »Sieht feucht aus draußen, und du weißt doch, wie das für mein Rheuma ist. Ich bin kein junger Hüpfer mehr.«

Arlene lächelte. »Wenn ich dann vielleicht die Kartoffelchips ein Weilchen einweiche?«

Ich ging zum Laden.

Die Falle

Ein Zettel lag auf meinem Schreibtisch, als ich um vier Uhr nachmittags zum Dienst kam. Ich nahm zwei Aspirin und ging in Captain Willards Büro.

Er wartete, bis ich die Tür zugemacht hatte. »Setzen Sie sich, Morgan.«

Willard faltete die Hände, dann sah er mich an. »Gehen Sie eigentlich nie ans Telefon? Wir versuchen Sie seit heute nacht drei Uhr zu erreichen.«

Ich blinzelte in das grelle Sonnenlicht, das durchs Fenster hinter ihm hereinfiel. »Ich habe einen ziemlich festen Schlaf.«

»Und wenn es an Ihre Tür klopft? Hat das irgendwelche Folgen? Peterson und James haben das von Mittag an probiert.«

Ich zuckte leicht die Achseln. »Nachdem ich aufgestanden war, bin ich fortgegangen. Sie müssen mich verpaßt haben.« Ich sah in sein Gesicht. »Liegt was Wichtiges an?«

Willard grunzte und blätterte die obersten Seiten in der Mappe auf seinem Schreibtisch durch. »Sie haben gute Beurteilungen, Morgan. Und sind schnell befördert worden.«

Ich lächelte matt. »Aber deswegen haben Sie mich nicht kommen lassen.«

Er griff nach einem Anzeigeformular auf einer Schreibtischecke. »Kennen Sie einen gewissen Crawford? Willie Crawford?«

Ich dachte nach. »Nein.«

Seine grauen Augen fixierten mein Gesicht. »Vielleicht kann ich etwas nachhelfen. Er ist Barmann im ›Sicily‹.«

Ich schüttelte den Kopf. »Ich kenne dort keinen der Barmänner.«

Willard sah wieder auf das Formular. »Crawford behauptet, Sie hätten ihn auf einer dunklen Straße niedergeschlagen, als er heute früh um drei von der Arbeit nach Hause kam. Und er behauptet, Sie hätten ihm achthundert Dollar aus der Brieftasche genommen.«

Ich sprang halb von meinem Stuhl. »Das ist erstunken und erlogen.«

Willard gebot mir mit einem Handzeichen, mich wieder zu setzen. »Das hoffe ich auch. Zu Ihrem Besten und im Interesse der Polizei.« Er schaltete seine Sprechanlage ein. »Wenn Crawford wieder da ist, bringen Sie ihn her.«

Crawford war ein kleiner, schmächtiger Mann Ende Vierzig, und der Wangenknochen unter seinem linken Auge war violett und geschwollen.

Willard beobachtete mich. »Kennen Sie ihn jetzt, Morgan?«

»Vom Sehen.«

Crawford redete auf den Captain ein: »Wie ich schon gesagt habe, ich bin nach der Arbeit diese Straße hinuntergegangen, wo mein Auto stand, und plötzlich verstellt mir Morgan den Weg. Betrunken und streitsüchtig.«

Willard unterbrach ihn. »Sie haben ihn gesehen und gleich gewußt, daß er Morgan heißt?«

Crawfords Augen glühten. »Klar. Ich hab ihn doch gesehen, als er die Razzia im Klub gemacht und Rick Sparrow erschossen hat.«

Willard sah mich einige Sekunden lang an, dann wandte er

sich wieder an Crawford. »Sie sagten, die Straße war dunkel. Wie konnten Sie da sehen, daß es Morgan war?«

»So dunkel war es auch wieder nicht«, sagte Crawford. »Es brannten ein paar Lichter.«

Willard schien zu seufzen. »Weiter.«

»Morgan war besoffen und streitsüchtig. Er hat mich angehalten. Und ehe ich wußte, was los war, hatte er mir eine verpaßt, und ich lag auf dem Boden. Dann hat er meine Taschen gefilzt.«

Willard zog eine Augenbraue hoch. »Und Sie haben nur dagelegen und sich das gefallen lassen?«

Crawford errötete leicht. »Ich bin ein kleiner Mann, Captain, und hänge am Leben. Für achthundert Dollar setze ich nicht mein Leben aufs Spiel. Ich hab mich totgestellt und gehofft, daß er verschwindet.«

Willard sah mich an. »Natürlich haben Sie eine andere Version?«

Ich zog an meiner Zigarette. »Der Ort stimmt, aber das ist auch alles. Ich habe ihn heute früh gesehen, aber der Betrunkene war er. Er wollte mir Ärger machen.«

»Hatte er dazu einen Grund?«

»Nicht daß ich wüßte. Aber Betrunkene brauchen keinen.«

Crawfords Stimme überschlug sich fast. »Ich war absolut stocknüchtern, Captain. Ich rühre seit zehn Jahren keinen Alkohol mehr an. Fragen Sie Lucca, meinen Chef. Fragen Sie jeden, der im Klub arbeitet.«

»Er roch nach Alkohol und hat sich auch so aufgeführt.«

Willard kratzte sich am Kinn. »Warum haben Sie ihn nicht festgenommen?«

Ich zögerte. »Ich fand, er war genug gestraft, nachdem ich ihm eins verpaßt hatte.«

Willard legte die Hände zuammen. »Erzählen Sie weiter.«

»Es gibt nichts weiter zu erzählen«, blaffte ich verärgert. »Nachdem Crawford zu Boden gegangen war, habe ich mich nur vergewissert, daß er nicht schlimm verletzt war, und bin gegangen. Wahrscheinlich hat ihn danach jemand gefilzt.«

Crawford beugte sich über den Schreibtisch des Captains. »Ich war nie eine Sekunde bewußtlos. Morgan hat meine Brieftasche durchsucht und das Geld genommen.«

Willard las noch einmal die Anzeige durch. »Das genügt fürs erste, Crawford. Wir rufen Sie, wenn wir Sie brauchen.«

Als Crawford gegangen war, sah Willard auf. »Wissen Sie genau, daß Sie dem nichts hinzuzufügen haben?«

»Ja. Mein Wort steht gegen seins.«

»Das reicht nicht, Morgan. Das wissen Sie selbst.«

Ich zog an meiner Zigarette. »Er will mir was anhängen, Captain.«

Willard zog eine Augenbraue hoch. »Warum sollte er das wollen?«

»Keine Ahnung.«

»Könnte es damit zusammenhängen, daß Sie vor zwei Wochen die Razzia im ›Sicily‹ geleitet haben?«

»Ich wüßte nicht, warum ihn das kratzen sollte. Der Klub gehört ihm nicht. Er ist nur ein Barmann.«

Willard sah mich fest an. »Sagen Sie mir noch einmal, warum Sie ihn heute früh nicht festgenommen haben.«

Ich drückte meine Zigarette aus. »Also gut. Ich hatte zu der Zeit selbst ein paar getrunken. Es hätte mindestens dreißig Tage Suspendierung vom Dienst bedeutet, wenn man mich so angetroffen hätte. Darum konnte ich ihn nicht einbuchten.«

Willard ließ einige Sekunden vergehen, bevor er wieder

sprach. »Sie trinken in letzter Zeit ziemlich viel, Morgan. Das hört man so, und sehen kann man es auch.«

»Nicht im Dienst, Captain«, sagte ich.

Er wirbelte auf seinem Drehstuhl herum und blickte aus dem Fenster. »Will Ihnen Rick Sparrow nicht aus dem Kopf?«

Ich sagte nichts.

»Ich weiß, daß so etwas Zeit braucht, Morgan, aber die Flasche hilft da nicht.« Er drehte sich wieder zu mir herum. »Sie hätten nichts anderes machen können. Es war Notwehr, und die ganze Einsatzgruppe hat Ihre Aussage bestätigt.«

Er klappte die Mappe zu. »Bis zur Klärung dieser Sache sind Sie vom Dienst suspendiert.«

Ich klemmte die Dienstmarke von meinem Ausweis ab und schob sie über den Tisch. »Glauben Sie ihm oder mir?«

Willard sah mich nicht an. »Ich kann es mir nicht leisten, irgendwas zu glauben. Ich muß mir Gewißheit verschaffen.«

Mein Partner Pete Halleck wartete im großen Einsatzraum an unseren Schreibtischen. Er sah auf die Uhr und setzte seine Mütze auf. »Wir sollten allmählich mal losziehen und unser Geld verdienen.«

Ich setzte mich. »Du wirst ohne mich losziehen müssen.«

Seine wasserblauen Augen wurden etwas größer als gewöhnlich. »Was ist los?«

Petes rundes Gesicht wirkte nachdenklich, nachdem ich ihm alles erzählt hatte. »Warum sollte dieser Crawford so eine Geschichte erfinden?« fragte er.

»Sag du's mir.«

Pete schüttelte den Kopf. »Mit dem Namen Crawford kann ich nichts anfangen. Ich habe noch nie von ihm gehört.« Er lächelte betrübt. »Ich an deiner Stelle hätte Crawford letzte Nacht eingebuchtet, Fred. Selbst wenn du suspendiert worden wärst, besser als das wär's allemal gewesen.«

»Der Rat kommt etwas spät.«

»Ehrlich währt am längsten«, sagte Pete feierlich. Er zögerte kurz. »Allerdings ist da noch etwas, Fred.« Dann schüttelte er den Kopf. »Vielleicht sollte ich ja lieber nicht davon anfangen.«

»Nur zu. Ich bin nicht empfindlich.«

»Also«, begann Pete nervös, »du sagst, du hattest was getrunken, und du weißt, wenn du trinkst – ich meine, manchmal erinnerst du dich dann nicht allzu genau.«

Er räusperte sich. »Diese Trinkerei, Fred. Sie hilft dir auch nicht, Rick Sparrow zu vergessen. Sieh das Ganze doch mal nüchtern. Es ging um dich oder ihn.«

Ich lächelte milde. »Woher weißt du das denn, Pete? Du warst nicht dabei. Du hast in Michigan Barsche geangelt.«

Er nickte. »Aber du hattest jede Menge Zeugen.«

Ich rieb mir den Nacken. »Trotzdem verstehe ich das nicht, Pete. Warum hätte Sparrow versuchen sollen, mich umzubringen?«

»Du hast in seinem Klub eine Razzia veranstaltet.«

»Das ist schon öfter vorgekommen, und da hat er immer nur gegrinst und seinen Anwalt angerufen.«

»Das letzte Mal war schon zwei Jahre her. Vielleicht war er einfach nicht mehr daran gewöhnt.«

Ich schüttelte den Kopf. »Nein. So würde er nicht ausrasten.«

Pete machte wieder ein unglückliches Gesicht. »Dann war's vielleicht wegen Helen Lawrence.«

Ich war ein bißchen überrascht. »Er hatte keinen Grund, sich da über etwas aufzuregen. Ich habe nichts weiter getan, als mich ein halbes dutzendmal mit ihr zu unterhalten.«

Pete lächelte sanft. »Das wußte er vielleicht nicht.«

Ich verließ Pete und ging hinunter zu meinem Wagen. Es war kurz nach fünf, als ich im ›Sicily‹ ankam.

Crawford sah ich nicht, trotzdem ging ich an die Bar und bestellte mir einen Manhattan.

Ein paar Minuten später setzte sich Lucca zu mir. Er sah frisch und munter aus, denn diese Tageszeit war für ihn wie Vormittag. Er schnalzte mit der Zunge. »Sie müssen Pete irgendwo verloren haben. Er würde nie zulassen, daß Sie im Dienst trinken.«

»Wie kommen Sie auf die Idee, daß ich im Dienst wäre?«

Er zuckte die Achseln. »Vielleicht haben Sie ja Ihren freien Tag. Ich führe darüber nicht Buch.«

Ich stellte mein Glas ab. »Wo ist Crawford?«

Er lächelte träge. »Hat sich ein paar Tage frei genommen. Erzählen Sie mir, wo der Schuh drückt.«

Ich sah ihn an. »Darüber wissen Sie vielleicht mehr als ich.«

Er strich sich über seinen bleistiftdünnen Schnurrbart. »Nicht mehr, aber genausoviel. Crawford hat angerufen und mir alles erzählt. Wirklich interessant. Das hätten Sie dem armen Mann nicht antun müssen. Wenn Sie Geld brauchten, ich hätte Ihnen schon mit ein paar Dollar ausgeholfen.«

Er sah meinen Blick und hob rasch die Hand. »Entschuldigung. Ich will mal annehmen, daß Sie unschuldig sind.«

Er bestellte sich einen Martini. »Sie sehen übernächtigt aus, Morgan. Haben Sie schlecht geschlafen?«

Mein Blick ging wie von selbst zu der Treppe, die zu den oberen Räumen führte.

Lucca lachte leise. »Da oben tut sich zur Zeit nichts, Morgan. Keine Spieltische, keine Rouletteräder. Das Blut ist aufgewischt, und die Mäuse spielen Fangen.«

Ich zündete mir eine Zigarette an. »Haben Sie vor, wieder ins Geschäft einzusteigen? Wenn ich nicht mehr da bin und Ihnen auf die Finger klopfen kann?«

Er lächelte und sagte nichts.

»Wenn Sie hinter dem allen stecken, Lucca, werde ich ungemütlich.«

Er schlürfte seinen Martini. »Ich bin an diesem Spiel nicht beteiligt. Ich sehe ihm nur von der Tribüne aus zu. Aber ich weiß natürlich, zu welchem Team ich halte.«

»Sie haben eigentlich keinen Grund, sich zu beklagen, Lucca. Wie ich höre, sind Sie jetzt Besitzer des Klubs.«

Lucca lächelte zaghaft. »Es war eine Partnergesellschaft, und ich bin übrig. Sie sehen also, daß ich Ihnen nichts nachtrage, Morgan. Ich betrachte Sie sogar mit einem gewissen Wohlwollen.«

»Ist das Leben nicht seltsam?« fuhr er nach einem Weilchen fort. »Ich dachte immer, Sie säßen hier nur die ganzen Abende, um Helen singen zu hören, und dabei haben Sie nur die ganze Zeit geguckt, ob sich hier eine Razzia lohnt.«

Ich schüttelte den Kopf. »Das war nicht der Grund, warum ich hier war, Lucca. Aber ich bin Polizist und habe Augen im Kopf. Sie sind nur mit der Tarnung etwas leichtsinnig geworden.«

Er sah mich mit so etwas wie Unsicherheit im Blick an. »Finden Sie, Morgan? Daß wir leichtsinnig geworden sind? Vielleicht haben wir doch nur gedacht, wir brauchten uns um nichts zu sorgen.« Er leerte sein Glas. »Sie geben mir einiges zu denken, Morgan. Rick war stinksauer, als er starb … fuchsteufelswild.«

Ich schob mein leeres Glas beiseite. »Ich bin hier, um mir Crawfords Adresse zu holen.«

Lucca nickte und verschwand im Hinterzimmer. Ein paar Minuten später kam er mit einem Zettel zurück. »Sie sollten über noch etwas anderes nachdenken, Morgan. Sie trinken viel, seit Sie Rick in den Himmel befördert haben. Wie man hört, gehören Sie zu denen, die dann vergeßlich werden. Zählen Sie mal Ihre Barschaft nach, ob Sie nicht doch achthundert Dollar zuviel haben.«

Draußen stieg ich in meinen Wagen und fuhr in Richtung Südstadt. Die neuen Franklin-Apartments lagen nicht weit von meinem Weg; ich beschloß also, dort zuerst hinzufahren.

Helen Lawrence öffnete die Tür. Ihre grünen Augen musterten mich kalt. »Was willst du?«

»Mit dir reden«, sagte ich.

Ihre Lippen öffneten sich ein wenig. »Ich höre, du sitzt in der Tinte?«

»Und das schmeckt dir, ja? Jemand hat dich wohl mit der frohen Botschaft angerufen?«

»Den Gefallen hat mir Lucca getan. Seitdem sitze ich hier und lache mir ins Fäustchen.« Sie gab den Weg frei. »Komm rein. Ich sehe so gern, was dein Gewissen mit dir anstellt. Du siehst elend aus, Morgan.«

Ich setzte mich. »Ich wüßte mal gern, wie sehr du mich wirklich haßt. Du warst dabei, als Rick starb, und hast gesehen, wie es passiert ist, aber du willst dir unbedingt einreden, daß es Mord war. Also, haßt du mich so sehr, daß du sogar etwas unternehmen würdest? Genug, um dich mit Crawford zusammenzutun?«

Ihre weißen Zähne blitzten. »Denk schön darüber nach, Morgan. Bis es dich zerfrißt.«

»Ich denke aber auch noch über anderes nach. Irgendwie kann ich mir nicht vorstellen, daß Rick die große Leidenschaft deines Lebens war. Ich glaube gar nicht, daß du überhaupt fähig bist, tiefe Gefühle für etwas anderes als eine Dollarnote zu entwickeln.«

Sie nahm eine Zigarette aus der silbernen Dose auf dem Couchtisch. »Wenn du auf der Seite der Engel stehst, warum setzt es dir dann so zu, daß du Rick getötet hast?«

»Weil er ein Mensch war. Kein besonders guter, aber auch nicht schlecht genug, um den Tod verdient zu haben. Ich bin nicht gern an so etwas schuld. Ich weiß so gut wie jeder andere, daß ich deswegen nicht ewig heulen werde, aber im Moment hilft das nicht.«

Sie zog an ihrer Zigarette. »Angenommen, Crawford und ich hätten uns wirklich zusammengetan. Was könntest du machen?«

»Das weiß ich noch nicht. Aber ich werde mir etwas einfallen lassen, was weh tut.«

Sie ließ ein paar Sekunden verstreichen. »Ich gehöre zu den Frauen, die immer zuerst an sich selbst denken, Morgan. Das gebe ich zu, und ich schäme mich nicht dafür. Rick fehlt mir. Und du bist schuld daran … Na ja, aber ich bin nicht so blöd, meine Zeit mit Rache zu vertun. Ich weine einen Tag lang, und dann denke ich wieder an morgen.«

Sie lächelte. »Der Klub gehört jetzt Lucca. Und mich hätte er auch gern. Nach einem angemessenen Trauermonat kriegt er mich vielleicht.«

Sie folgte mir zur Tür. »Wünschst du dir nicht, du hättest Luccas Geld, Morgan? Stell dir mal vor, worauf du dich dann alles freuen könntest.«

Ich grinste matt. »Könntest du mich nicht um meiner selbst willen lieben?«

Ihr Gesicht war ernst. »Das kann ich mir nicht leisten.«

Es war halb sechs, als ich wieder in meinen Wagen stieg. Ich fuhr weiter in Richtung Süden, aber ich wußte, daß ich unterwegs noch einen trinken mußte.

Ich trank gerade mein drittes Glas aus und schickte mich an, die Bar zu verlassen, als Pete hereinkam. Sein Blick ging über die Gäste am Tresen.

»Hier bin ich«, rief ich laut.

Pete zögerte, dann kam er zu mir herüber.

»Na, so ein Zufall, Pete!« sagte ich. »Dreitausend Bars gibt's in dieser Stadt, und gerade hier kommst du herein.«

Er wurde ein bißchen rot. »Der Captain hat gesagt, ich soll dich sozusagen ein bißchen im Auge behalten.«

»Und derart auffällig?«

Pete kratzte sich am Kopf. »Du warst so lange hier drin, daß ich schon dachte, du wärst mir entwischt. Da bin ich mal nachsehen gekommen.«

Ich schüttelte den Kopf. »Wie hast du es nur zum Sergeant gebracht? Würde ich denn ohne mein Auto abhauen?«

Er dachte darüber nach. »Möglich wär's.«

»Seit wann bist du mir schon auf den Fersen?«

»Der Captain hat mich gleich hinter dir hergejagt, sowie du aus dem Revier warst.«

Ich trank aus und stellte mein leeres Glas auf den Tresen. »Er hat also gesagt, du sollst mich im Auge behalten. Ist das zu meinem eigenen Schutz oder zum Schutz anderer Leute?«

»Ich denke, beides. Er hat es nicht so genau gesagt.«

Pete sah mein leeres Glas an. »Ich will ja nichts sagen, Fred, aber meinst du nicht, du solltest dich zu so einer Zeit ein bißchen mit dem Alkohol zurückhalten?«

Ich klopfte mit dem Glas auf den Tresen. »Gut, daß du mich daran erinnerst. Ich habe noch Durst.«

Pete schüttelte den Kopf. »Ich warte draußen.«

Um halb acht nahm ich mein Wechselgeld vom Tresen und ging.

Pete saß hinterm Steuer meines Wagens. »Ich fahre dich nach Hause, Fred.«

»Soviel habe ich gar nicht getrunken, Pete.«

»Trotzdem. Ich finde, diesmal sollte ich fahren.«

Ich warf meine Zigarette weg. »Also gut, Chauffeur. Aber nicht nach Hause. Bring mich zu Crawford. Ich muß mit ihm reden.«

Petes Miene war stur. »Ich finde, du solltest nach Hause und ins Bett. Ruh dich mal etwas aus.«

Ich machte eine Daumenbewegung. »Raus!«

Pete überlegte, dann seufzte er. »Also gut, ich fahre dich zu Crawford.«

Ich stieg ein und gab ihm den Zündschlüssel.

Er fuhr die Sechzehnte hinunter und bog hinter dem Viadukt nach links ins Tal ab. Wir fuhren an den Kohlehalden vorbei, den kleinen Fabriken und Schrotthalden, und hielten an der schwach beleuchteten Ecke Neunte Straße.

Wir gingen, Pete voraus, zu dem schmutzigroten Backsteinhaus und die staubigen Treppen in den ersten Stock hinauf. Vor einer der vielen Türen auf dem Flur blieb er stehen und klopfte.

Ich wartete ein paar Sekunden, dann versuchte ich es selbst noch mal. »Aufmachen, Crawford!«

»Vielleicht ist er ja nicht zu Hause«, meinte Pete.

»Ich vermute eher, daß er sich hinter der Tür versteckt.«

Pete klopfte erneut. »Machen Sie auf, Crawford. Keiner tut Ihnen was.«

Ich machte mich schon bereit, die Tür mit meiner Schulter zu bearbeiten, als das Schloß klickte und die Tür einen Spaltbreit aufging. Crawford linste heraus.

Ich stieß die Tür auf und drängte mich hinein.

Crawford wich mit aschfahlem Gesicht zurück, sein Blick flog zwischen Pete und mir hin und her. »Bleibt mir vom Leib!«

Ich ging auf ihn zu, aber Pete packte mich am Arm. »Keine Tätlichkeiten, Fred. Ich möchte nicht, daß du noch mehr Scherereien bekommst.«

Ich schüttelte ihn ab. »Schön. Ich versuch's mal mit Zukkerbrot.« Ich musterte Crawford. »Dieser Versuch, mir was anzuhängen, war nicht Ihre Idee. Sie haben keinen Grund dazu. Wer steckt dahinter?«

Crawfords Gesicht bekam wieder etwas Farbe. »Niemand steckt dahinter. Es war alles genau so, wie ich gesagt habe.«

»Klar«, sagte ich. »Aber hören wir uns mal Ihre Antwort an, wenn ich Sie fünfhundert Dollar reicher mache.«

Er schüttelte den Kopf, aber ich sah das Interesse in seinem Blick.

»Es wäre mir sogar einen Tausender wert.«

Er schüttelte wieder den Kopf.

Ich hatte gar nicht soviel Geld, ich wollte nur mal sehen, was mein Angebot auslöste. »Sagen wir zweitausend.«

Er leckte sich über die Lippen. »Was es nicht gibt, können Sie nicht kaufen.«

Mir knallte die Sicherung durch. »Versuchen Sie ja nicht, den Preis hochzutreiben. Ich habe einfachere und billigere Mittel, die Wahrheit aus Ihnen rauszukriegen.«

Petes Hand war wieder an meinem Arm. »Versuch's ein andermal, Fred.«

Ich funkelte ihn an, aber seine Miene blieb stur.

Ich beruhigte mich wieder. »Na schön, Pete. Aber du kannst nicht ewig meinen Schatten spielen. Irgendwann erwische ich Crawford allein.«

Pete fuhr mich nach Hause und kam mit in meine Wohnung.

Ich holte eine Flasche und ein Glas. »Habe ich deine Erlaubnis zu trinken?«

»Es ist deine Wohnung und deine Flasche.«

Ich grinste. »Du hoffst, daß ich irgendwann unter den Tisch rutsche?«

Er lächelte dünn. »Ich hoffe nur, daß du irgendwann ein bißchen Schlaf bekommst.«

Ich trank das Glas mit wenigen Schlucken aus. »Ich wehre mich nicht dagegen, Pete. Solange du dabei bist, kann ich sowieso nicht richtig trinken.«

Pete setzte sich und nahm eine Zeitung. »Ich bleibe noch ein bißchen.«

Ich ging ins Schlafzimmer und stellte meinen Wecker auf halb ein Uhr mittags. Pete machte um zwölf Feierabend, und ich glaubte nicht, daß Willard noch jemand anderen zu meiner Beobachtung abgestellt hatte.

Ich zog die Schuhe aus und legte mich aufs Bett. Schon bald schlief ich ein, und ich war wieder bei Lucca. Ich sah Rick oben an der Treppe stehen, sah die Überraschung in seinem Gesicht. Dann blitzte eine animalische Wut in seinen Augen, während er zu seiner Pistole griff.

Ich sah das Leben seinem Körper entweichen, als meine zwei Kugeln ihn trafen, und noch einmal trat ich zur Seite, um ihn die Treppe hinunterrollen zu lassen, wo er dann tot liegenblieb.

Ich wachte in kalten Schweiß gebadet auf und griff nach

der Flasche. Ich trank einen großen Schluck und ließ ihn seine Wirkung tun.

Und in dem Schlaf, der dann kam, fuhr ich wieder zu Crawford, und ich war mit ihm allein. Ich sprach nicht von Geld, ich ging nur immer näher auf ihn zu, und sein Gesicht wurde immer bleicher.

Als ich die Augen öffnete, stand die Tür zu meinem Wohnzimmer offen. Zwei Silhouetten waren gegen die Türöffnung zu erkennen.

Ich knipste die Nachttischlampe an und sah auf die Uhr. Es war zwanzig Minuten vor Mitternacht.

Captain Willard sah mir zu, wie ich die Beine über den Bettrand schwang und mich aufsetzte.

Er wandte sich an Pete. »Sie waren die ganze Zeit im Wohnzimmer?«

Pete nickte. »Ich bin kein einziges Mal rausgegangen.«

»Eingeschlafen sind Sie auch nicht?«

»Nein, Sir«, sagte Pete. »Nicht eine Sekunde. Er hätte nicht an mir vorbeigekonnt.«

In meinem Kopf hämmerte es, und mein Mund war trocken. Ich griff nach einer Zigarette. »Was soll das alles?«

Willard kam ins Zimmer. »Wo ist Ihre Waffe, Morgan?«

Ich zeigte zu dem Stuhl, auf dem mein Jackett hing.

Er nahm den 38er aus dem Holster und klappte ihn auf. »Daraus ist geschossen worden.«

Sein Blick wanderte zum Fenster, dann ging er hin. »Da draußen ist eine Feuerleiter.«

»Verdammt noch mal, Pete«, bellte ich. »Worum geht's hier eigentlich?«

»Vor etwa einer Dreiviertelstunde hat jemand Crawford erschossen.«

Willard steckte meine Waffe ein und sah mich an. »Sie haben Pete davon überzeugt, daß Sie schlafen gehen wollten. Sie sind hier hereingekommen und haben die Tür zugemacht. Aber statt sich schlafen zu legen, sind Sie über die Feuerleiter raus und zum ›Sicily‹ gefahren. Sie haben im Hinterhof gewartet, bis Crawford rauskam, um eine Zigarette zu rauchen, und dann haben Sie ihn erschossen.«

Ich starrte Willard an. »Ich habe hier geschlafen. Was sollte mir an Crawfords Tod liegen? Er nützt mir nichts, wenn er nicht mehr reden kann.«

Willards Augen schienen sich geradewegs in die meinen hineinzubohren. »Vielleicht glauben Sie nur, daß Sie geschlafen haben. Wir wissen alle von Ihrer Trinkerei und den Auswirkungen auf Ihren Verstand und Ihr Gedächtnis.«

Er wandte sich an Pete. »Sowie er die Schuhe anhat, bringen Sie ihn aufs Revier und lochen ihn ein.«

Pete nahm die Autoschlüssel aus seiner Tasche. »Wir müssen deinen Wagen nehmen, Fred. Meiner steht noch in der Nähe dieser Bar.«

Ich hielt mit dem Schuhebinden inne und sah in Willards Augen. Ich wollte etwas sagen, aber er kam mir zuvor. »Sie sollten sich besser noch rasieren, Morgan. Kann nichts schaden, wenn Sie ordentlich aussehen.«

»Captain...«, sagte ich.

Er blitzte mich an. »Ich sage Ihnen schon, wann Sie zu reden haben. Verstanden?«

Wir stierten einander an.

»Bitte sehr«, sagte ich nach einer Weile. »Ganz wie Sie wünschen.«

Er sah auf seine Uhr. »Ich erwarte Sie beide auf dem Revier.« Bei der Tür fingerte er am Sicherheitsschloß herum und drehte sich noch einmal um. »Lassen Sie ihn nicht aus den Augen, Pete. Das heißt, kleben Sie an ihm, egal, wohin er geht.«

Unsere Blicke trafen sich, und Willard ging.

Ich ging ins Bad, Pete folgte mir.

Er setzte sich auf den Badewannenrand und schaute zu, wie ich mir das Gesicht einseifte. »Ich weiß nicht, was ich sagen soll, Fred. Vielleicht hattest du ja nur einen deiner Aussetzer und wußtest nicht, was du tatst.«

»Oder ich hab's auch nur geträumt.«

Er beobachtete mich schweigend, während ich mich rasierte und mir dabei Zeit ließ. Als ich fast fertig war, sagte ich leise: »Du behauptest, noch nie von Crawford gehört zu haben. Ich brauchte dir aber nicht zu sagen, wo er wohnte. Du wußtest sogar, an welche Tür du klopfen mußtest.«

Er hatte seine Zigarette halb am Mund, da hielt er inne und wartete.

Ich sprach weiter. »Nachdem ich eingeschlafen war, hast du meine Waffe genommen und bist fortgegangen, um Crawford zu erschießen.«

Als ich mich vom Spiegel umdrehte, hielt Pete seinen stupsnasigen 38er in der Hand.

Ich sah ihm in die Augen. »Warum hast du ihn umgebracht, Pete? Das verstehe ich nämlich noch nicht.«

Er lächelte beinah traurig. »Ich habe gesehen, daß du ihm die Wahrheit hättest abkaufen können, Fred. Wenn ich nicht dabeigewesen wäre.«

Ich hörte auf, mein Gesicht abzutrocknen. »Was hat das Ganze zu bedeuten, Pete?«

Er faßte an das Revers seines Jacketts. »Ich bin nur ein dummer Polyp, aber dieser Anzug hat zweihundert Dollar gekostet.«

Er grinste langsam. »Ich habe meinen Schutz verkauft,

Fred. An Rick und Lucca. Und an ein halbes Dutzend andere.«

Er lachte leise. »Du warst auch mit von der Partie, du wußtest nur nichts davon. Ich habe denen erzählt, du wärst mein Partner, Fred. Es war sicherer so. Sie hätten auf die Idee kommen können, mich aus dem Weg zu räumen, wenn sie geglaubt hätten, ich arbeitete allein.«

Ich faßte das Handtuch fester. »Also hat Rick darum versucht, mich umzulegen. Er dachte, ich hätte ihn reingelegt.«

Pete nickte. »Nachdem Rick tot war, habe ich Lucca gesagt, daß du mich auch reingelegt hast. Daß du ihm einen Schrecken einjagen wolltest, damit er mehr Geld rausrückt. Ich habe versprochen, dich auszuschalten. Irgendwie.«

Er schüttelte den Kopf. »Du hast kein Glück, Fred. Solange ich in Urlaub war, hättest du nicht den Pflichteifrigen spielen sollen.« Er hob die Kanone. »Ich tu's nicht gern, Fred, aber es gibt keinen anderen Ausweg. Dem Captain werde ich sagen, daß du auf mich losgegangen bist.«

Der Schuß erschreckte ihn. Er faßte sich an den rechten Arm über dem Handgelenk. Ich machte einen Satz und fing den 38er, der ihm aus der Hand fiel.

Captain Willard stand in der Tür. Er steckte seinen Revolver ins Holster zurück. »Ich mußte es aus seinem eigenen Mund hören, Fred.«

Die Überraschung stand noch immer in Petes Gesicht, als er uns ansah.

»Du hast einen Fehler gemacht, Pete«, sagte ich. »Der Captain und ich haben es gleichzeitig gemerkt.«

Willard nickte. »Wie konnte Morgan zum ›Sicily‹ fahren, wenn Sie seine Autoschlüssel in der Tasche hatten?«

Das Blut versaute Petes Zweihundertdollaranzug, aber Mitgefühl konnte er von uns beiden nicht erwarten.

Einen Gruß an die Köchin

Ich habe zwölf Jahre und acht Monate gesessen, die Mindestzeit in diesem Staat, um auf Bewährung entlassen zu werden, wenn man wegen Mordes zu lebenslänglich verurteilt wurde.

Als ich in die Stadt kam, nahm ich ein Taxi zum Anwesen meines verstorbenen Onkels Horatio, jetzt im Besitz meines Vetters Randolph, der dort auch wohnt. Das Taxi bog in die Toreinfahrt, folgte der geschwungenen Zufahrt und hielt auf dem Kreis vor dem großen Haus.

Ich bezahlte, nahm meine Reisetasche und ging die breite Treppe zur Eingangstür hinauf.

Ein uniformiertes Dienstmädchen öffnete mir. »Ja, bitte, Sir?«

»Ich möchte gern Randolph Hobart sprechen.«

»Bedaure, Sir, aber er wird nicht vor fünf zu Hause erwartet.«

Ich nickte. »Dann werde ich im Arbeitszimmer auf Randolph warten. Ich weiß, wo es ist.«

Sie zögerte einen Moment, bevor sie mich eintreten ließ.

Ich ging an ihr vorbei und in den rückwärtigen Teil des Hauses.

Ja, im großen und ganzen sah das Arbeitszimmer noch genauso aus wie vor dreizehn Jahren. Neue Jalousien vielleicht, und natürlich war der Teppich inzwischen gewechselt worden. Er war ja auch ganz schön versaut gewesen, als ich ihn das letztemal sah. Aber sonst war das Zimmer erstaunlich unverändert geblieben. Ich zog die mittlere Schublade des großen Schreibtischs auf, halb in der Erwartung, Onkel Horatios Revolver darin zu finden, aber er war nicht mehr da.

Ich drehte mich um und sah eine attraktive Frau, die mich interessiert betrachtete. Sie war etwa Ende Zwanzig bis Anfang Dreißig und hatte dunkles Haar und einen wachsamen Blick.

Sie mußte Randolphs Frau sein, ehemals Irene Carrolton, die er vor vier Jahren geheiratet hatte. Ich fragte mich, ob Vetter Randolph sie ohne den glücklichen Umstand des Todes von Onkel Horatio wohl je kennengelernt, geschweige denn geheiratet hätte.

»Ich bin Mrs. Hobart«, sagte sie. »Kann ich etwas für Sie tun?«

Ich lächelte. »Mein Name ist James Hobart. Vielleicht hat Randolph gelegentlich von mir gesprochen?«

Sie überlegte ein paar Sekunden. »James Hobart? Dann sind Sie es, der...«

Ich nickte. »Der Onkel Horatio ermordet haben soll? Ja, der bin ich.«

Ihr Blick ging zum Telefon.

Ich lächelte tapfer weiter. »Nein, ich bin nicht aus dem Gefängnis ausgebrochen. Ich bin auf Bewährung frei. Und ich bin nur hier, um sozusagen alte Familienbande zu erneuern. Schließlich ist Randolph immer noch mein Vetter.«

Sie entspannte sich ein wenig. »Im Grunde hat Randolph so gut wie gar nichts über Sie erzählt, außer daß Sie Onkel Horatio umgebracht haben.« Sie ging zum Barschrank. »Kann ich Ihnen etwas zu trinken anbieten?«

Als sie mir meinen Brandy reichte, setzte ich mich in einen Sessel. »Würde es Sie interessieren, meine Version des Mordes zu hören?«

»Unbedingt.«

Ich trank einen Schluck. »Es war ein warmer Sommerabend. Sehr warm, aber um zehn kam ein gehöriger Regenguß, der etwas Abkühlung brachte, und ich stand an meinem offenen Schlafzimmerfenster und genoß die frische Brise.

Von meinem Standort aus hatte ich einen guten Blick über den Innenhof auf die Fenster dieses Arbeitszimmers, und da sah ich zu meinem Schrecken Onkel Horatio mit dem Revolver in der Hand vor einem Mann mit schwarzer Maske stehen.

Ich rannte natürlich sofort die Treppe hinunter und über den Innenhof, um Onkel Horatio zu Hilfe zu eilen. Als ich aber hier ankam, kämpften Onkel Horatio und der Maskierte gerade um die Waffe. Ein Schuß fiel. Onkel Horatio stürzte zu Boden, und der maskierte Mann lief an mir vorbei zur offenen Terrassentür. Ich sah mit einem Blick, daß Onkel Horatio nicht mehr zu helfen war – er war direkt ins Herz getroffen worden.

Der Revolver, um den sie gekämpft hatten, lag neben ihm. Ich hob ihn instinktiv auf und rannte hinter dem Eindringling her, verfolgte ihn um die Hausecke und verschoß dabei die ganze Trommel, muß ihn aber wohl verfehlt haben. Er verschwand zwischen den Bäumen auf dem Anwesen. Ich habe trotzdem weiter nach ihm gesucht, bis ich die Polizeisirenen auf der Zufahrt hörte. Als ich wieder ins Haus kam, rannten dort Polizei, Randolph, Anthony und die Dienstboten durcheinander.«

Sie hatte mich die ganze Zeit betrachtet. »Anthony? Ach ja, Randolphs Bruder. Ich habe ihn nie kennengelernt. Er ist vor etwa sechs Jahren mit einem Sportwagen tödlich verunglückt. Soviel ich weiß, haben Anthony *und* Randolph Sie bezichtigt, Onkel Horatio erschossen zu haben. Sie wollen Sie sogar bei der Tat gesehen haben.«

Ich nickte.

»Das war natürlich gelogen. Anthony behauptete recht hysterisch, *er* habe am Fenster *seines* Schlafzimmers gestanden – sein Zimmer lag neben meinem –, als seine Aufmerksamkeit auf die Arbeitszimmerfenster gelenkt wurde, wo er mich und Onkel Horatio offenbar streiten sah. Er sagte, ich hätte einen Revolver aus Onkel Horatios Schreibtischschublade genommen, ihn erschossen und sei dann wild um mich feuernd in die Nacht hinausgerannt und habe irgendeinem imaginären Menschen nachgerufen, er solle stehenbleiben.«

»Und Sie behaupten nach wie vor, es sei keine imaginäre Person gewesen, hinter der Sie hergerannt sind?«

»Es war ein Mensch aus Fleisch und Blut, das dürfen Sie mir glauben. Aber Randolph hat die Aussage seines Bruders voll bestätigt. Er sagte, er sei auf dem Gelände spazierengegangen, um sich abzukühlen, und als er gerade bei den Tennisplätzen gewesen sei, habe er sich umgedreht und zum Haus zurückgeschaut. Dabei habe er genau dasselbe gesehen wie sein Bruder. Bis ins kleinste Detail.«

»Welches Motiv können sie denn gehabt haben, um zu lügen?«

»Wir drei – Randolph, Anthony und ich – waren in Onkel Horatios Testament zu gleichen Teilen begünstigt, und das wußten wir alle drei. Vor dreizehn Jahren war sein Besitz an die drei Millionen Dollar wert. Aber ich als sein verurteilter Mörder durfte von meinem Verbrechen nicht profitieren. Folglich haben Randolph und Anthony den Besitz unter sich aufgeteilt. Jeder bekam anderthalb Millionen Dollar.«

»Und Sie glauben nun, die beiden hätten Ihnen den Mord angehängt, um jeder noch eine halbe Million zusätzlich zu bekommen, statt sich mit einer lumpigen Million begnügen zu müssen?« Sie schüttelte den Kopf. »So etwas mag zwar als Motiv gelten, aber ich habe das Gefühl, sie hätten sich viel lieber mit je einer Million zufriedengegeben als das Risiko auf sich genommen, ihrem Vetter einen Mord anzuhängen, nur um noch eine halbe Million zu kassieren. Sie werden Sie doch nicht derart gehaßt haben, oder?«

»Nein. Im Gegenteil, wir verstanden uns ziemlich gut.«

»Na also«, sagte sie. »Außerdem ist Randolph ein hochmoralischer Mensch. Ich glaube nicht, daß sein Gewissen ihm erlaubt hätte, bei etwas so Schwerwiegendem wie einem Mord die Unwahrheit zu sagen.«

»Stimmt«, sagte ich, »Randolph war immer hoch moralisch. Wußten Sie, daß er vor dreizehn Jahren sogar mit dem Gedanken gespielt hat, Priester zu werden? Das war natürlich, bevor er an seinen Anteil – und etwas mehr – von Onkel Horatios Vermögen kam. Geld zu besitzen hat ihn offenbar umgestimmt.«

Ich musterte sie wie sie mich vorhin. Ja, sie war eine sehr attraktive Frau. Wahrscheinlich Randolphs ganze Freude.

Sie trank aus. »Wissen Sie auch genau, daß Sie nicht hier sind, um irgendwie Rache zu nehmen?«

Ich lächelte. »Rache? Der Gedanke ist mir nie gekommen.«

Ich fragte mich, ob sie sich hier wohl ein bißchen langweilte. Wäre es ihr lieber, ihr Leben wäre vielleicht ein wenig interessanter? Oder gar aufregender? Etwas verführerischer?

Sie legte den Kopf leicht auf die Seite. »Wie alt waren Sie, als Sie ins Gefängnis kamen?«

»Ich war gerade einundzwanzig geworden. Wenn Onkel Horatio nur einen Monat früher ermordet worden wäre, hätte man mich nach dem Jugendstrafrecht aburteilen müssen. Damals wurde man nach dem Gesetz erst mit einundzwanzig erwachsen. Wer weiß, um wieviel milder das Urteil vielleicht ausgefallen wäre?«

Irene versuchte sich im Kopfrechnen. »Einundzwanzig? Dann wären Sie jetzt dreiunddreißig?«

Ich nickte. »Man hat mich immer für älter gehalten, als ich war. Vielleicht, weil ich nach außen etwas steif erscheine – spießig, wenn Sie so wollen.« Ich lächelte wieder. »Aber ich bin nicht eigentlich spießig, wenn man mich erst richtig kennenlernt.«

Randolph erschien in der Tür zum Arbeitszimmer. Er schien nicht überrascht, mich zu sehen, so daß ich annahm, daß ihm das Mädchen schon von meinem Hiersein berichtet hatte.

»Guten Abend, James«, sagte er. »Wie geht es dir?«

»Ich bin gesund, Randolph.«

Ein paar Sekunden herrschte Schweigen, dann sagte Irene strahlend: »James, du mußt natürlich zum Essen bleiben. Ich glaube, es gibt *Daube de bœuf provençale*.«

»Ah«, sagte ich, »davon habe ich jahrelang geträumt.«

Sie blickte mir kurz in die Augen. »Und du mußt auch unbedingt über Nacht bleiben, wenigstens heute.«

»Danke«, sagte ich. »Vielleicht könnte ich mein altes Zimmer haben? Randolph weiß, welches es ist.«

Randolph schien zu seufzen. »Natürlich, James. Du bist herzlich eingeladen, hierzubleiben, bis … so lange, bis du dich wieder an das Leben draußen gewöhnt hast.«

Beim Abendessen sagte ich lächelnd: »Weißt du, Randolph, mir ist eben etwas durch den Kopf gegangen. Wenn ich Onkel Horatio nicht umgebracht hätte, wäre er heute noch gesund und munter. Und wir beide wären wahrscheinlich so was wie Juniorchefs in seiner Firma, bei magerem Gehalt. Großzügigkeit war ja nie Onkel Horatios Fehler.«

Ich nahm mir von den Gurken in Sahnesoße, einem meiner Lieblingsgemüse. »Das gibt einem doch zu denken, nicht?«

Randolph räusperte sich. »Ich hoffe, daß du es im Gefängnis nicht allzu schwer hattest.«

»Überhaupt nicht, Randolph. Ich habe mich einwandfrei angepaßt, weil ich wußte, daß ich bei guter Führung ziemlich sicher nach zwölf Jahren und acht Monaten rauskommen würde – ein Leuchtturm voraus. Zwölf von meinen Jahren hinter Gittern habe ich in der Gefängnisbibliothek gearbeitet – die letzten sechs als Oberbibliothekar.« Ich ließ mir den Spargel in zerlassener Butter munden. »Weißt du, daß wir in den zwölf Jahren und acht Monaten nicht ein einziges Mal Spargel bekommen haben?«

Irene fragte mich: »Ihr drei – Randolph, Anthony und du –, ihr habt vor dreizehn Jahren alle zusammen in diesem Haus gewohnt?«

»Ja. Wir waren gewissermaßen Onkel Horatios Lehrlinge. Er hat seine Millionen als Installationsunternehmer gemacht und uns in das Gewerbe eingeführt.«

Später begaben Randolph und ich uns allein ins Arbeitszimmer.

Er wand sich ein bißchen. »James, bist du aus einem ganz *bestimmten* Grund hergekommen?«

Ich nahm mir eine Zigarre aus dem Humidor. »Sag mal, Randolph, erinnerst du dich an meine Beschreibung des Eindringlings, von dem ich gesagt habe, er hätte Onkel Horatio umgebracht?«

»Du hast gesagt, er trug eine Maske.«

»Ja, eine Maske. Aber ich habe auch noch gesagt, daß er ungefähr meine Figur hatte.«

»Kann sein. Ich weiß es nicht mehr so genau.«

»Randolph, du mußt im Laufe deines Lebens bemerkt haben, daß wir alle drei – du, Anthony und ich – etwa die gleiche Figur hatten.«

»Worauf willst du hinaus, James?«

Ich zündete die Zigarre an. »Vor dreizehn Jahren hast du behauptet, du wärst bei den Tennisplätzen gewesen, als du dich einmal umgedreht und gesehen hättest, wie ich Onkel Horatio erschoß. Du hast gesagt, du hättest mich aus dem Arbeitszimmer herausstürzen, einen imaginären Eindringling um die Hausecke verfolgen und mit dem Revolver in die Luft ballern sehen. Und du hast gesagt, du wärst sofort quer übers Gelände zum Tatort gerannt.«

Er reckte eigensinnig das Kinn vor. »Ja.«

»Randolph, es gibt keinen direkten Weg von den Tennisplätzen zum Haus. Bist du über den Rasen gelaufen?«

»Ja«, sagte er rasch. »Genau das.«

»Aber Randolph, es hatte an dem Abend geregnet, und das Gras war noch naß – und ziemlich hoch. Deine Schuhe, von den Hosenbeinen gar nicht zu reden, hätten pitschnaß sein müssen. Aber ich weiß noch ganz genau, daß sie trocken waren. Trocken, Randolph, trocken.«

Er zog für einen Augenblick die Stirn in nachdenkliche Falten, sagte aber nichts.

Ich seufzte. »Dummerweise ist mir selbst damals völlig entgangen, was das bedeutete. Aber als ich dann Jahr um Jahr in meiner Zelle lag und das Geschehen immer wieder an mir vorbeiziehen ließ, habe ich endlich begriffen, was diese trockenen Schuhe und Hosenbeine bedeuteten. Du hast die

Polizei angelogen, Randolph. Du hast den Mord gar nicht beobachtet. Du warst nicht bei den Tennisplätzen.«

Er wurde rot. »Wenn du diese sogenannte Bedeutung also begriffen hast, warum hast du sie dann nicht den zuständigen Stellen mitgeteilt?«

Ich schüttelte den Kopf. »Aber Randolph. Hätte ich fünf Jahre nach dem Mord wirklich zur Polizei gehen und sagen sollen: ›Tut mir leid, aber mir ist plötzlich eingefallen, daß die Schuhe und Hosenbeine meines Vetters trocken waren, obwohl sie eigentlich hätten naß sein müssen?‹ Wer hätte mir denn das bestätigen können? Hätte denn irgendeiner von den damals Anwesenden gemerkt, geschweige sich daran erinnert, wie deine Schuhe und Hosenbeine aussahen?«

Er musterte mich von oben bis unten. »Mit anderen Worten, du hast absolut keine Beweise dafür, daß ich gelogen habe?«

»Absolut keine, Randolph. Du bist hundertprozentig damit durchgekommen.«

Er errötete ein wenig.

Ich ließ ein paar Sekunden vergehen.

»Warum hast du gelogen, Randolph? Etwa, weil in Wirklichkeit du *selbst* unter dieser Maske gesteckt hast?«

»Das ist vollkommen lächerlich«, polterte er los.

Ich beobachtete ihn. »Aber warum hast du dann gelogen, Randolph?«

Er mied meinen Blick.

Ich zog langsam an meiner Zigarre. »Vielleicht kann ich dir auf die Sprünge helfen, Randolph. Wir wissen beide, was Anthony für einer war. Verwöhnt, ungefestigt, ein zwanghafter Spieler. Er war hoch verschuldet und wurde von seinen Gläubigern unter Druck gesetzt. Ich weiß das, weil er sich einmal von mir zehntausend Dollar leihen wollte, aber ich hatte natürlich kein Geld, das ich ihm hätte geben können. Und du wahrscheinlich auch nicht. Hat er sich also in seiner Verzweiflung an Onkel Horatio gewandt? Mit Sicherheit hat Onkel Horatio ihn abblitzen lassen. Hat er vielleicht sogar gedroht, Anthony völlig aus seinem Testament zu streichen, weil er so hohe Spielschulden gemacht hatte?«

Randolph sah mich nicht an.

Ich legte die Zigarre ab. »Hinter der Maske, das war *Anthony*. Als ich ihn verfolgte, hat er mich abgehängt und ist schnell ins Haus zurückgekehrt. Vielleicht hat er gedacht, ich könnte irgendwie gemerkt haben, daß er der Mann mit der Maske war, und hat sich gesagt, daß Angriff die beste Verteidigung ist. Er hat dann als erster der Polizei aufgetischt, daß er *mich* Onkel Horatio habe ermorden sehen, weil er hoffte, damit jeder eventuellen Bezichtigung meinerseits die Spitze nehmen zu können.«

Randolph funkelte mich an. »Was macht dich so sicher, daß der Mann mit der Maske Anthony war?«

»Anthony hat behauptet, den Mord von seinem Schlafzimmerfenster aus beobachtet zu haben. Dann sei er die Treppe hinunter und über den Innenhof zum Arbeitszimmer gerannt. Der Innenhof ist aber mit Platten ausgelegt und hat gute Abflüsse. Trotzdem waren Anthonys Schuhe und Hosenbeine ziemlich naß – so naß, als wäre er damit draußen durchs hohe Gras gelaufen.«

Randolph wandte sich ab.

Ich seufzte. »Randolph, ich glaube nicht eine Sekunde lang, daß du bewußt versucht hast, mir etwas anzuhängen. Ich bin sicher, daß du den Mord viel lieber einem Fremden, irgendeinem Eindringling, zur Last gelegt hättest, aber nun hatte dein Bruder sich mit seiner Aussage vor der Polizei schon festgelegt. Du magst ein bißchen an dem gezweifelt haben, was er sagte, weil du wußtest, wie dringend er Geld brauchte. Dir war auch klar, daß die Polizei weiterbohren würde, wenn erst einmal Zweifel an seiner Aussage laut würden. Womöglich hätten die sogar nach Schmauchspuren an seinen Händen gesucht. Du wolltest dich schützend vor Anthony stellen, denn er war ja schließlich dein Bruder, und das glaubtest du am besten dadurch tun zu können, daß du alles, was er sagte, schnell bestätigtest und hofftest, daß es die Wahrheit war.«

Randolph trat ans Fenster und sah hinaus. »Wohlgemerkt, ich gebe nichts zu. Ich glaube, daß Anthony gesehen haben muß, wie du Onkel Horatio umgebracht hast. Oder vielleicht hat er jemanden gesehen, der so *aussah* wie du. Ja, so war es möglicherweise.« Er wischte sich mit einem Taschentuch über die Stirn. »Es besteht die entfernte Möglichkeit, daß Anthony sich geirrt hat. Und in diesem Fall wärst du wirklich...«

Er steckte das Taschentuch wieder ein. »Ehrlich gesagt, ich habe dich ja immer gern gehabt, James. Dich respektiert und so weiter, und es ist mir schwergefallen zu glauben, daß du wegen Geld jemanden umbringen würdest. Ich meine, mir ist es nie so vorgekommen, als ob dir daran soviel läge. Aber als Anthony sagte, er...«

Er gab sich einen Ruck. »Also, kurz und gut, ich habe über meine Rolle in dieser Geschichte nachgedacht und ... nun ja, zurückgeben kann man dir diese dreizehn Jahre nicht. Aber...« Er drehte sich um und sah mich an. »Anthony hat sein Erbe bis auf den letzten Cent durchgebracht. Als er bei diesem Autounfall ums Leben kam, war er pleite.« Er räusperte sich. »Aber ich stehe ganz gut da. Ziemlich gut. Dein rechtmäßiger Anteil an Onkel Horatios Vermögen wäre eine Million Dollar gewesen. Würde es dich über diese Jahre hinwegtrösten, die ... ich meine, würde es die Schuld begleichen – sowohl für Anthony wie für mich –, wenn ich eine Million Dollar auf dein Konto zahlen ließe?«

Ich lächelte.

»Randolph, du bist mehr als großzügig.«

Die Wahrheit ist natürlich, daß ich Onkel Horatio wirklich ermordet habe und alles genauso war, wie Anthony es geschildert hatte.

Onkel Horatio und ich hatten eine heftige Auseinandersetzung gehabt – es ging dabei um Winifred, das Hausmädchen. Sie war ein stilles Ding und gefiel mir so gut, daß ich beschlossen hatte, sie um ihre Hand zu bitten.

Als ich Onkel Horatio über mein Vorhaben informierte, teilte er mir kühl mit, daß diese Heirat unmöglich sei – nicht standesgemäß für mich.

Ich erinnerte ihn daran, daß ich keinen Stand hatte, und seit wann würden außerdem Installationsunternehmer in den Adelsstand erhoben? An diesem Punkt erklärte er mir, daß er mich aus seinem Testament streichen werde.

Als ich ihm sehr bildhaft sagte, wohin er sich sein Geld stecken könne, wurde er richtig fies und sagte Dinge über Winifred, die ich unmöglich dulden konnte.

Ich war jung damals. Gerade einundzwanzig geworden. Ich verlor vollends den Kopf, riß den Revolver aus der Schublade des Schreibtischs und erschoß Onkel Horatio.

Der Schrecken über den Mord brachte mich unverzüglich wieder zur Besinnung, und mir wurde unter anderem klar, daß ich kein bißchen darauf erpicht war, für seinen Tod ins Gefängnis zu gehen.

Mein erster Gedanke war, einfach aus dem Zimmer zu

laufen und zu hoffen, daß man Onkel Horatios Tod irgendeinem Eindringling, einem Einbrecher, anlasten würde.

Aber dann hielt ich mir vor, daß die Polizei bestimmt ihre Mutmaßungen anstellen würde. Sie würde feststellen wollen, ob irgend jemand von den Hausbewohnern Pulverschmauch an den Händen hatte.

Wie konnte ich den an meiner Hand erklären? Selbst wenn ich die Zeit gehabt hatte, mir die Hände zu waschen, ich hatte mal gelesen, daß es so gut wie unmöglich sei, Schmauchspuren ganz von den Fingern zu bekommen.

Wenn ich mehr Zeit zum Nachdenken gehabt hätte, wäre mir vielleicht etwas Besseres eingefallen, aber ich war sicher, daß man den Schuß gehört hatte, was mich zu sofortigem Handeln zwang. Mir blieb nichts anderes übrig, als so zu tun, als verfolgte ich den angeblichen Mörder, und dabei mit dem Revolver in die Luft zu schießen. Das würde dann wenigstens die Schmauchspuren an meinen Händen erklären.

Ich wußte zu dem Zeitpunkt nicht, daß Anthony den ganzen Vorgang von seinem Schlafzimmerfenster aus beobachtet hatte. Und ich hatte natürlich auch keinen Grund, Randolph nicht zu glauben, als er sagte, er habe das Verbrechen ebenfalls von den Tennisplätzen aus mit angesehen.

Also ging ich schicksalsergeben ins Gefängnis. Ich ließ die Welt in dem Glauben, daß ich Onkel Horatio seines Geldes wegen umgebracht hätte. Ich sah keinen Sinn darin, Winifred auch noch in diesen Schlamassel mit hineinzuziehen.

In bezug auf irgend jemandes Schuhe oder Hosenbeine habe ich bis heute nicht die blasseste Erinnerung, ob sie naß oder trocken waren.

Was mich dann aber doch beschäftigte, war der Zufall, daß zwei Leute von zwei verschiedenen Stellen aus den

Mord beobachtet hatten, zwei Leute, die zufällig auch noch Brüder waren.

Darüber grübelte ich eine lange Weile nach. Konnte es sein, daß einer von ihnen gelogen und den Mord in Wirklichkeit gar nicht selbst beobachtet hatte?

Und *wenn* einer von ihnen gelogen hatte, *warum*?

Etwa, weil er dafür sorgen wollte, daß ich aus dem Weg war, so daß er meinen Anteil an Onkel Horatios Vermögen mit seinem Bruder teilen konnte? Ehrlich gesagt, ich traute weder Anthony noch Randolph zu, sich derart zu erniedrigen.

Ich befaßte mich mit einer anderen Möglichkeit.

Unterstellt, daß Anthony wirklich den Mord beobachtet hatte, dann hatte er diese Geschichte sogleich der Polizei aufgetischt. Randolph hatte ihm natürlich geglaubt, aber dann war Anthony zu dem Zeitpunkt doch ein bißchen hysterisch gewesen. Würde es ihn vollends fertigmachen, wenn die Polizei ihn in die Mangel nahm?

Was schadete es denn, wenn Randolph die Geschichte seines Bruders glaubwürdiger machte, indem er erklärte, auch er habe das Verbrechen mit angesehen? Er war ja wirklich davon überzeugt, daß sein Bruder mich den Mord hatte begehen sehen, warum sollte Anthony also der Folter eines polizeilichen Verhörs ausgesetzt werden? Das konnte lediglich seinen Zusammenbruch zur Folge haben. Anthony war sowieso nicht der Stabilste.

Und dennoch: Hatte im Lauf der Jahre ein winziger Zweifel an Randolph zu nagen begonnen? Hatte er seine Zweifel womöglich an Anthony herangetragen? Und hatte Anthony so vehement beteuert, er habe mich wirklich bei dem Verbrechen beobachtet, daß es das Gegenteil bewirkte und Randolphs Zweifel noch bestärkte?

Und hatte diese Ungewißheit ihm so zugesetzt, daß ich ihn um zehn- oder zwanzigtausend Dollar Starthilfe angehen konnte, wenn ich aus dem Gefängnis kam?

Es schien mir einen Versuch wert, und ich hatte voll ins Schwarze getroffen.

Als ich Randolph im Arbeitszimmer allein ließ, nahm ich eine Flasche Brandy und zwei Gläser mit auf mein Zimmer.

Ich wartete, und um zehn klopfte es an meiner Tür.

Es war Winifred.

Sie war zur Zeit des Mordes Hausmädchen gewesen, jetzt war sie die Köchin. Solange ich im Gefängnis saß, war sie an jedem Besuchstag zu mir gekommen, fast dreizehn Jahre lang.

Damals war sie achtzehn gewesen. Jetzt war sie einunddreißig und die einzige Frau, die ich je geliebt hatte und jemals lieben würde.

Sie lächelte. »Na, wie ist es gelaufen?«

»Besser als in meinen wildesten Träumen.«

Es war sehr lange her, daß ich zuletzt mit Winifred allein gewesen war.

Ich schloß die Tür ab.

Nachweis

Alle Geschichten erscheinen hier erstmals in Buchform.

Jack Ritchie im Diogenes Verlag

»Eine Lektüre für Leser, die auch an sehr schwarzem Humor und überraschenden Effekten Genuß finden – beispielsweise Freunde der ARD-Krimistunde.«
Das Neue Buch, München

»An seinen Erzählungen fasziniert die Raffinesse des Vorgehens. Das Blut fließt relativ sparsam, die Fäuste fliegen nicht, es gibt keine Auto-Verfolgungsjagden. Ritchies Täter arbeiten mit dem Kopf, sie denken leise, ihnen ist kein Winkelzug unbekannt; aber auch jene, die sie zu Fall bringen, sind mit allen Wassern gewaschen. So entsteht eine Spannung, die der beim Schach ähnlich ist. Schwarzer Humor, Ironie und Intellekt sind die Substanzen, aus denen der Autor seine süffigen Geschichten braut.«
Walter Gallasch/Nürnberger Nachrichten

Der Mitternachtswürger
Geschichten. Aus dem Amerikanischen von Alfred Probst

Für alle ungezogenen Leute
Geschichten. Deutsch von Dorothee Asendorf

Gedächtnis ade
Geschichten. Deutsch von Elfriede Riegler und Dorothee Asendorf

Bei Anruf Alibi
Geschichten. Deutsch von Jobst-Christian Rojahn

Vor Redaktionsschluß Mord
Geschichten. Deutsch von Monika Elwenspoek

Einzelhaft
Geschichten. Deutsch von Bernhard Robben

Der Sparschwein-Killer
Geschichten. Deutsch von Jobst-Christian Rojahn

Der mordende Philosoph
Geschichten. Deutsch von Monika Elwenspoek